幽谈

[日] 京极夏彦 —— 著
张朝卿 —— 译

著作权合同登记号：06—2019 年第 155 号

Ⓒ 京极夏彦　2022

图书在版编目（CIP）数据

幽谈 /（日）京极夏彦著；张朝卿译 . — 沈阳：万卷出版有限责任公司，2022.5
ISBN 978-7-5470-5401-7

Ⅰ . ①幽… Ⅱ . ①京… ②张… Ⅲ . ①短篇小说—小说集—日本—现代 Ⅳ . ① I313.45

中国版本图书馆 CIP 数据核字（2020）第 141525 号

YUDAN
by KYOGOKU Natsuhiko
Copyright Ⓒ 2008 KYOGOKU Natsuhiko
All rights reserved.
Originally published in Japan by MEDIA FACTORY, Tokyo.
Chinese (in simplified character only) translation rights arranged with
RACCOON AGENCY INC., Japan
through THE SAKAI AGENCY and BARDON-CHINESE MEDIA AGENCY.

出 品 人：	王维良
出版发行：	北方联合出版传媒（集团）股份有限公司
	万卷出版有限责任公司
	（地址：沈阳市和平区十一纬路 29 号　邮编：110003）
印 刷 者：	辽宁新华印务有限公司
经 销 者：	全国新华书店
幅面尺寸：	145mm×210mm
字　　数：	160 千字
印　　张：	7
出版时间：	2022 年 5 月第 1 版
印刷时间：	2022 年 5 月第 1 次印刷
责任编辑：	史　丹
封面设计：	棱角视觉
版式设计：	马婧莎
责任校对：	张　莹
ISBN 978-7-5470-5401-7	
定　　价：	39.50 元
联系电话：	024-23284090
传　　真：	024-23284448

常年法律顾问：王　伟　　版权所有　侵权必究　举报电话：024-23284090
如有印装质量问题，请与印刷厂联系。　　　　　　　　联系电话：024-31255233

目 录

捡手	1
我的朋友	29
床下的人	57
成人礼	83
快逃	113
十万年	141
不知道的事	167
恐怖的东西	191

捡 手

我决定坐轮船去那儿。

虽说是轮船,却小得可怜,让人看不出它在被改装成客轮之前是干什么用的。船身到处都是油漆剥落的痕迹,由于一直被海水侵蚀着,所以显得锈迹斑斑。船上连坐的地方都没有,又摇晃得厉害,让人觉得无所适从。

七年前似乎更安静一点。

也有可能是我记错了。这船的式样虽然和七年前坐的那艘一模一样,可即便是这样被海水侵蚀了七年,我还是觉得记忆中的那艘船更陈旧一些。

或许是因为我自己也正在老去,所以已经渐渐接近了这船的年纪?

对于人和船来说,时间的流逝也是不尽相同的。与人相比,船变老的速度也许更加缓慢吧。

以前年轻的时候总觉得这艘船真是老得可以了,可现在看来,随着自己年龄的增长,当初自己与船的那种差距也渐渐感觉不到了。

而我自己也正在被侵蚀着。

掌舵的是一位陌生的老人，七年前那位老人的岁数就已经很大了，一定已经离开了人世。

总之，掌舵的一直是老人。年轻人是无法操纵这种不知何时造出来的老古董的，即使想从头学起恐怕也没什么用。我试探着问老人是从什么时候开始在这船上的，不知是因为年岁大耳朵不太灵光还是嫌我麻烦，老人没有理我。

船上太吵了，连自己的声音都听不见了。

果然还是七年前更加安静。那时候能够很清晰地听见妻子的声音。

妻子说，早知道这么近还不如从邻近的镇子开车出发，沿着海岸线一直开到汽车无法前进的地方，然后再步行的话也不错。那片礁石应该可以步行通过吧？那小提琴般的声音没有被任何噪声干扰，每一个音符都钻进了我的耳朵里。

渐渐地，渐渐地，传来了发动机单调嘈杂的声音。

啊，还是记错了。

那时候，妻子贴在我的耳边，距离近得可以感觉到她的气息，然后说出了那些话。

妻子说话的声音与四周低俗、粗鄙的声音是如此格格不入，能听得清清楚楚倒也是理所当然的事。

海风掠过耳际，有些凉却不至于让人觉得寒冷，我不禁回想起了这些往事。

马达发出的嗒嗒嗒嗒的声音果然还是没有变。我已经衰老的声音融入周围粗犷粗暴的声音之后，显得无比苍白和疲惫。无论是老人还是我自己，都没法清楚地听见。

正如七年前妻子说的那样，船很快就到了栈桥。

这里的海岸是一片平浅滩，因此有一座长长的栈桥。马达的嗒嗒声渐渐开始出现了间隔，并越来越长，最后戛然而止了。

只剩下海鸥在叫着。

陌生的老人站在那里一言不发地系着缆绳。我在一旁无意识地望着老人毫无表情的黑黝黝的侧脸。他的动作十分慵懒，脸上没有任何表情。看得出他对这工作非常不耐烦。

也许是因为这么大年纪了还为了一点点的辛苦钱干着这种无聊的工作，也有可能只是单纯厌倦了这种工作。虽说如此，我却没有理由去讨好他，也就打消了上前打个招呼的念头。我想，在这种情形下还不如去配合老人的举止，于是我也装作气呼呼地默默走到栈桥上。

栈桥也有一点锈烂了。

一边踏在已经褪色的桥板上前行，一边透过桥板间的缝隙注视着脚下的海面，我终于开始听到海浪的声音了。海浪无力地拍打着，显得平静得很。

稍稍转头一望，正撞上了老人的视线。

瞬间就感觉仿佛被人瞪着一样，我加快了脚步走下栈桥来到岸上。

脚下的路凹凸不平。原来是一个满是石头的海岸。

并不是想象中的那样到处都是一片一片大的礁石，而是铺满着大大小小的卵石。不，这种地面并不是人造的，用"铺"这个词还是不太恰当。这是一张由大自然设计出的、卵石编织成的地毯。

我不知该如何称呼这片海岸，相对于沙滩，也许该称呼这里为石滩吧。

七年前，我和妻子扶着轮船生锈的栏杆眺望着这片海滩，无比美丽的景色映入眼帘。可眼前的这片由卵石织成的海滩，虽然从远处看依然美丽，可实际上却是脏兮兮的。

七年前也是脏兮兮的。

石子本身还是很漂亮的。没有什么棱角，表面也很光滑，颜色洁白。大概是被潮水漂白成这个样子的。

可是石子与石子之间的缝隙却塞满了大量的垃圾。易拉罐、塑料瓶、食品的包装纸、避孕套的外包装、破洞的运动鞋、人偶的手臂，不知为何会有注射器之类的医疗器具和自行车车轮这么大的垃圾。到底是谁扔的呢？

还有人来这种地方吗？

"当然有呀。"妻子是这么说的。可是，她一边这样说着，一边把视线投向了大海的另一边，然后说道："这个地方有许多外海的漂流物流进来。"

"那是不可能的。"我回应道。这里的岸边正对着港湾的内侧，顺着妻子眺望的方向望去，可以远远地看见对面的街道，我想这就是证据。可又一想，洋流的事我可不懂，也许有些漂浮物真的是从外海漂到这个海湾里来的。

可是，即便如此，这些漂浮物显然也不应停留在这里，而应被推向海湾的中心处。这片海滩应该是背对着外海的，只是悄悄在狭窄的港湾里打开了一个口子。

"真是一个无聊的人啊。"妻子说完后从脚下捡起了一个被压扁了的盒子一样的东西，接着说，"哎呀，这个好像是朝鲜半岛上的东西吧。"那确实是一种陌生的包装，上面的文字也不是我们认识的。妻子又说道："国内可没有卖这个的，难道韩国人会跑到这么远的地方来洗东西吗？"

原来是一个洗衣粉盒子。没办法，我只能用"是啊，可能就是这么回事吧"这种无关痛痒的话来敷衍。之后，妻子又好像要确认什么似的，反复摆弄着几块卵石，一会儿翻过来看看，一会儿又拿近前来瞅瞅。她到底在那里找到了什么呢？我不得而知。

于是，我也弯下腰来捡起一块来看看。只有一大堆硕大的海蛆不停地蠕动着。

我原地站起身来，抬头望去，远处耸立着巍峨的岩山。巨大的岩磐裸露在外面，证实了那是名副其实的岩山。这座山在这里实在是有碍交通，我这样想着。可实际上并非如此。"不是这样。"妻子这么说道。

什么时候听见这句话的呢？好像是回到家之后。

不是这样。不为别的，妻子只要这么说了就一定不会错的。

我们一直在一条沿着海湾铺设的道路上前行。中途我曾试着在地图上确认，发现这条路虽然在途中偏离了海岸线，却在穿过大山之后，丝毫不差地通向了我们的目的地——

那个旅馆。

我的……哦，不……七年前，我们的目的地并不是这个海岸，而是这岩山背后的一家旅馆。

这家旅馆就真实地存在于这孤独寂静的海岬的后面，连接着一片小小的海滩。不，如果不想乘坐轮船到那片由卵石编织成的海滩去的话，只有在这个旅馆下船走过去。海滩的两侧是险峻的岩场。

那时，妻子站在船上对我说，只要告诉别人要去岩场就能来到这里，但我觉得那是不可能的。虽然乍一看似乎能够通过，可实际上左右两侧峭壁林立，想要穿过去的话甚为困难。也可以说，这片卵石的海滩简直已经变成了那家旅馆的私人海滩。

然而，这个旅馆位处群山环绕的腹地，并不是面朝大海的。

所以，只要沿着内陆的方向前进就可以找到这家旅馆。可是，话又说回来，那时我们为什么选择了坐船去那儿呢？

七年后的今天，我毫不迟疑地再次乘船来到了这里。当时我深信着必须乘船才能来到这里，现在我依然深信不疑。对于我来说，那家旅馆不是乘车能够直达的，必须坐船才能到达。

经停那里的船每天只有两班往返，因此我今天在候船大厅消磨了两个小时的时间。

再一次回头观望时，老人的踪影已经消失不见。不知道是坐下来了，还是走到另一侧去了。

再过一会儿，那艘船就会发出噪声，驶回原来的地方了。船上除了老人，不会再有别人。

不想看到那艘衰败的轮船的我低下了头。我想要检验一下妻子之前的那番言论，于是不停地在地上寻找着来自国外的垃圾，可是一个也没找到。有的只是一些附近便利店里卖的东西。那些垃圾散发出阵阵大海的腥气，令人恶心。

我一边在心里反复告诉自己不要向后看，不要向后看，一边走过布满卵石的海滩，登上了一间仓库似的破旧小屋旁边的斜坡。

小屋没有门，屋内有一张破洞的渔网和一尊不知道容貌为何崩坏的地藏菩萨像。地藏像旁边的地面上，有两个自动贩卖机里经常卖的那种罐装清酒的空瓶，被风吹得滚来滚去。

那是一尊水子地藏。[1]

妻子是这么说的,不过多半是随口乱说的。

这个海岬上确实有一座地藏堂,里面安放着掌管水子的地藏菩萨。但是这座供养地藏的佛堂却是在岩山的里侧,位于旅馆更深处通往断崖的路上。我之前已经在地图上确认过了。

那里可是比这海滩更险峻的地方。沿着悬崖有一条小桥一般狭窄的小路,只有沿着那条小路才可以到达那里。尽管如此,听说还是会有人前去参拜。不过这样也好,说明这应该不是一座破败的地藏像。

你说错了,我在心里这样默默想着,可是却不能对妻子说。

不对。不是这样。你完全说错了。

我瞥了一眼那间破旧的小屋,然后爬上了旁边的斜坡。斜坡的顶端是一块平整的地面,这样一来就比较适合远眺了。如果回头的话,一定又会看到那个垂死的老人在身后怒目而视,于是我就这样一直背对着大海,继续沿着小路前进。朝着旅馆的方向走着走着,前面出现了一个大大的转弯。

路的左右两边,让人分不清是灌木丛还是草丛的植物在

---

[1] 水子,流产的胎儿。水子地藏是为流产胎儿祈祷冥福的菩萨,相传掌管着流产胎儿的灵魂。

茂密地生长着，可是看起来却没有呈现出多么青翠的颜色。相反，到处都像褪了色似的，不知道是不是经常被海风吹着的原因。可能连这大地也都枯竭了吧，地面已然变成了和植物一样浅淡的颜色，连那些盛开的鲜花看起来也并不十分艳丽。从地形上来说，虽然有了非常大的变化，可是整个的风景还是显得非常单调。走着走着，前面又是一段坡路，乍看起来似乎比较平缓，走上去才发现坡度还是很大的，费力得很。

才刚刚爬了三分之一就已经满头大汗了。气温不冷不热的。自己处在一个不上不下不前不后的位置上，既没有任何成就感，也称不上是酣畅淋漓的大汗。只是一种黏糊糊的感觉，让人非常不快。

爬过了一半的长度之后，就无法再看到那片石滩了。

转过身去看到的也只是外海的景色，连那艘脏兮兮的船也不见了。啊，那个老人已经看不到我了啊，想到这儿我不禁安心起来，停下了脚步。刚一转过身，就从某个视野之外的方位传来了之前那种"嗒——嗒——"的声音，不知为何，我突然有了一种一切都被人看透了的感觉。

声音马上又变小了，渐渐被卷进潮水声、风声和草丛晃动的声音之中，最后消失不见。

那艘船想必已经回去了吧，就那样没有搭载一个乘客就回去了，只有行将就木的老人自己在船上。

什么都没有,连云彩也没有。

不知不觉间,自己已经爬上这条坡路的一半了。

现在连大海也看不见了。虽然不太清楚自己现在所处的位置,但是我知道翻过岩山到达它的背面之后,除了被群山环抱的蓝天外,什么也看不到。不过,这里好像能够听到海浪的声音,应该是离大海很近了。

这条路的尽头有一个栅栏,越过栅栏后是一块棒球场大小的平地,只有一辆车停在那里。果然从陆路也可以来到这儿啊。而这块空地估计就是这里的停车场了。可能是因为七年前这里一辆车也没有,我才没注意到这一点吧。从广场斜穿过去之后就来到了另一条小路上。

路程走到这里,四周什么奇异的景色也没有,只剩下崎岖的山路了。连路边的植物都眼熟得很。只是觉得眼熟而已,具体是什么名称什么种类,其实我也不清楚。然而,妻子对植物却是非常了解,那时候她一定滔滔不绝地讲了许多吧。

从前面开始,路变成石板的了。石板路开始的地方,立着一根木头柱子。不出所料,上面挂着旅馆的牌子。

上面写着"川端旅馆"。

文字的感觉正像记忆中的那样。

沿着细细的石板路继续走了一会儿,道路的两旁就开始出现了石灯笼,紧接着和式风格的大门赫然出现在眼前。

眼前的这种景观完全是日式风格,与石滩那奇异的景色完全不同，可能是因为这种变化以一种带有层次感的方式呈现着，所以并没有让人觉得十分突兀。

当然，也有自己已经来过一次的原因。

我默默地穿过了大门。

这是一家典型的和式旅馆。看起来很古朴典雅的样子，实际上只是年代比较久远而已。听妻子说，这里大概是昭和之初建成的。这样说来，七年前我来到这里的时候，应该还没有觉得这里有多么陈旧。现在再看，这里真是陈旧得可以了。

有一种和看见轮船时完全相反的感觉。

秋天的红叶果然是非常漂亮的。

原来如此，那棵树是一棵枫树。

直到今天，妻子七年前的那番话，我才知道怎么回应。

一直抬头注视着树上的红叶，一点也没注意到旅馆的女招待已经站在门口，笑着对我说欢迎光临了。我对她说自己之前已经预约了房间，然后报上了自己的姓名。她回答道："是的，我们已经为您预留了房间。"说罢伸手来接我的手提包。我赶忙和她说我自己来就可以了，然后走进了正门。

我不喜欢别人帮我提行李。

一切的一切，都还是记忆中的样子。

陈旧的鞋柜，摆放整齐的拖鞋，挂在前台墙上的营业许可，架子上摆放的布袋像[1]，插在看不出年代的花瓶里的花朵，古旧的沙发旁小号的桌子，还有那桌子上面放着的玻璃烟灰缸。

妻子就是坐在那个沙发上，我在前台的柜台上登记着我们的姓名。

前台的旁边放着一头熊的剥制标本，它仿佛是从记忆的墙上脱落了一般，但仔细想想确实以前也在这里。

经理的长相大概也还是那样。倒不是因为我还记得清楚他的长相，只是觉得他作为这风景的一部分，看起来毫无违和感，所以应该就是同一个人吧。连这个看起来没什么斗志的男人也老了七岁了吗？

我轻轻地把行李放在地上，一个看起来有些年纪的女招待走了过来。她毫不犹豫地拎起了我的行李，这么一来我也不好再让她还给我了，虽然有些反感，也只好让她继续拿着了。

"七年前我曾经来过一次。"我既没有对着经理，也没有对着女招待，只是低着头说出了这句话。

"我预约时已经说了还想要那时的那个房间，不知道您这边帮我安排了吗？"

"嗯，我们已经接受了您的请求。"经理用沙哑的声音很有

1　布袋和尚，在日本被奉为七福神之一。

礼貌地说道，"为您安排了牡丹间。"

啊，原来是叫这个名字，之前还真是不知道。

"您是怎么知道我要的是这间房呢？连我自己都不记得它叫什么。"

"我们这边一直保留着住宿记录。"

"原来是通过那个找到的啊，一定给您添了许多麻烦吧？"

"您把正确的年月日等入住信息都告诉我们了，所以没有费什么工夫。"

经理伸了一下脖子，好像是欢迎客人入住的问候。他从柜台里走出来鞠躬对我说女招待会带我到自己的房间去。

经理就保持着那样的姿势一动不动，于是我跟着女招待走向了自己的房间。

长长的走廊里，漆黑一片，到处都被擦拭得明亮似鉴。

"您是从东京来的吗？"女招待问道。

"嗯，虽说也是东京，不过是东京比较偏远的地方，更靠近神奈川县一点。"

"那都是东京啦，我们这种乡下人是不懂其中的分别的。"

嗯，或许是这样吧。

转过一个弯后，就可以透过窗子看到外面的庭园。

还是老样子。

"庭园真美啊！"我这样恭维了一番，没想到她却说"照料它实在是太费力了"。

"没有请花匠照顾吗？"

"虽说有花匠，但是打扫什么的还是我们来做的。园子里栽了很多会结果的树，地面很容易脏的。"

原来是那样啊。

"一共有三间房可以看到中庭里的景色。"她对我说道，"这个庭园是我们的特色，是为了不让客人看到别的屋子而建造的。夏天的时候，有很多客人喜欢一直开着窗户。所以从各个房间看庭园时，所看到的景色都是各不相同的。从牡丹间看到的景色可是这三间房中最好的。"

"是这样啊。"

这样说来，确实如此。

七年前，我常常凝视着这庭园，并且不止一次进到庭园中去。

是的，我进入过这庭园里。站在园子里，既没有窥探过其他房间的记忆，也从来没有觉察到过他人的视线。

"请往这边来。"女招待对我说。

门牌上赫然写着"牡丹"两个字。

我拉开了格子门，接着又拉开了隔扇。房间很宽敞，里面还有一个套间，一个人住实在有些大得过头了。

一进到房间里，阵阵榻榻米的香味和灰尘的味道就扑面而来，窗外庭园的景色也立即映入眼帘。

大大的窗子里全都是窗外明朗的风景，有些逆光的屋里看起来漆黑一片。

"我把您的行李放在这儿啦。"女招待一边说一边把我的包放在了壁龛的旁边。我直接走到房间的外廊上,向园子里望去,就像七年前那样。

"您已经是第二次来到这儿了吧?"

身后的女招待大概正在沏着茶。"是啊,是第二次了。"我答道。

"来到这么偏僻的乡下,您是为了工作吗?"

"并不是有什么工作。这儿虽说是乡下,却正好符合现在流行的'隐秘的住宿',不是吗?我非常喜欢。现在这里也应该变得热闹起来了吧。"

"说起来,今天到这里来入住的客人只有您一位。夏天的时候多少会有一些,可是一到冬天就很少有客人来了。这里也不是什么适合家庭旅行来的地方。对啦,您之前是两个人一起来的吧?"

"您是看了之前的住宿记录了吧?"

"我记得您啊。"说罢把泡好的茶递给了我。

"记得?还记得我吗?"

"那时,您是和您夫人一起来的,也是我负责招待二位的。"

"连这些您都能记得住啊。"

"没有记得很清晰,但也没有忘记。"

这种感觉我了解。

"是妻子找到这家旅馆的。我也不知道她是从什么地方查到的,她好像非常喜欢这里。我看了之后也觉得不错。"

"这次您夫人怎么没和您一起来呢?"

"我和妻子……离婚了。"

女招待露出了好像是吃了什么辛辣东西似的表情,然后尴尬地低头看着地面。

"不,没什么关系的。我们已经离婚三年了。已经不会想那么多了。而且,现在这样非常自由,还是单身好啊。"

"啊,是这样啊。"

"因为非常喜欢这家旅馆,总说着要再来一次,要再来一次。不知不觉已经过去了七年的时间。在这期间,夫妻之间的关系变得奇怪起来。虽然还是想着一起再来这里一次,可现在只有我一个人了。"

我的视线仍然停留在庭院里,身体却默默回到了屋内,坐在了座椅上。女招待又为我倒了一杯茶。

"这样说来,这间房间对于您和妻子来说,算是值得回忆的地方了吧。"

"嗯,值得回忆啊……"

记忆是如此鲜明,然而……

"不,倒不是还在留恋着什么,只是觉得很喜欢这里,和妻子……"

捡手

和她没什么关系。

"对您的私事过问那么多，实在太失礼了。"说完后，她非常抱歉似的低下了头。

"没关系的。坐船来这儿也挺好的，非常浪漫有情趣。"

女招待抬起头问道："客人您是坐船来这儿的吗？"

"是啊，很让您吃惊吗？"

"倒不是很吃惊，只是现在没有什么人坐船来这里了。最近，已经很少有人知道能搭船来这里，也不知道有船从这里出去。"

"是这样啊，七年前我就是坐船到这里的。"

"七年前的时候，这里发生了山体滑坡。"她说道，"国道被堵住了，车完全过不来。那段时间坐船的人倒是不少，也只有那个时候而已。现在嘛，我估计今年内那条航线就要被取消了。"

"哦，这样说来坐船还真是坐对了。"

"那船也没有您说的那么好啦。"

女招待紧接着又说了许多杂七杂八的话，直到给了小费才对我说"您好好休息吧"，然后离开了。

屋里只剩下我一个人了。

我喝了一口茶，站起来走到外廊处，打开玻璃窗。

啊，庭园，是那个庭园。

七年前，从我们来到这里开始，我和妻子的关系就开始崩坏了。不，这样说是不准确的，开始崩坏的是妻子。而我，则被崩坏的妻子折磨得疲惫不堪。

那之后的四年里，我试图用一次又一次的欺骗来苦苦支撑我们的婚姻，可最终还是惨淡收场。我没能坚持到最后。

与其说是没能坚持到最后，不如说我已经对维持和妻子的关系这件事感到厌倦，完全失去了兴趣。妻子好像是得了某种身心疾病。冷静地想想，她的每一种反应都是异常的。可是，那时还年轻的我总是把这些异常当作真实的情绪来对待，折磨着自己，并因此常常和妻子发生争执。现在回想起来，真的应该带她去医生那里好好诊断一下。也许认真进行治疗的话，病情就会渐渐好转吧，我常常这么想。

我认为总会有办法的。

就这样持续了六年。但是，之后的四年只是一种惰性罢了。

自从来过这家旅馆之后，我对和妻子共同生活这件事本身失去了兴趣。

从那天起……

不知道是叫凤尾蕉还是叫什么的，一种奇妙的、充满异域风情的植物，矗立在修缮得颇为洋气的园子中，绽放着异样的光彩。妻子却说它很碍眼。

"还说庭园是自己的特色，种着这种东西不是把气氛全都破坏了吗？"

"这种旅馆，真是不该来。"

自己决定的事，自己又抱怨。

还抱怨起我了。

彻底厌倦了。

烦死了烦死了烦死了。

然而，七年前的我，还是为妻子着想的，心里总还抱着一丝希望。即使厌烦了，疲倦了，生气了，只要她对我稍微温柔一点，就全部烟消云散了；她一对我撒娇，我就会原谅她；她一对我道歉，我就会可怜她。可是，尽管这样，这种安定还是很快就被打破了。妻子马上就变成了一种不可理喻的莫名动物。

凤尾蕉的旁边有一座长满青苔的石灯笼。石灯笼的旁边不知为何有一些堆成圆锥形的小石子，再往旁边是一个池塘。

无论怎么看，这都是一个不可思议的排列组合。

不管怎么说，总算是撑到吃饭的时间了。

送进房间里的饭菜让我很满意，可是并不合妻子的胃口。眼看着抱怨的矛头又要转向我，我赶紧闭嘴了。

"这么难吃的饭菜亏你还能吃得下去。感到难吃为什么不说出来呢？"

"因为我不觉得难吃。"

我们俩就这样你一言我一语地吵了起来。那真是一场十分激烈的争吵，不过喝着喝着酒就消气了。妻子后来突然变得温顺起来,和我说对不起,这样的妻子让我非常怜爱。

我突然很想要和她做爱。

她明明撒娇似的任由我爱抚着身体,可正当我想要解开她和式浴衣的腰带时,却遭到了她激烈的反抗。

随后,她狠狠地推开了我,恶毒地咒骂了一阵之后走进里面的屋子,直接关上了房门。

只留我一个人在这里,怅然若失地发了一个小时呆。

只是望着窗外的庭园。

那树枝,那花朵,那叶子。

我什么也没想,就这样望着庭园发呆。

那个时候的我,还是对妻子心怀一丝留恋的吧。

后来我也忘了是因为什么,又从檐廊回到了屋里,轻轻地推开了拉门。

我想,说不定妻子正躺在柔软的被褥上等着我回来。七年前的我就是会有这种不切实际的幻想。或许是因为自己高涨的情欲无处发泄,实在太苦恼了。

妻子此时正酣睡着。

从和式浴衣凌乱的下摆里,露出了妻子白皙的长腿。

我望着若隐若现的那一小块光滑的皮肤,心猿意马了许久之后悄悄地退出了房间,关上拉门。

我又走到了园子里。月光皎洁。

我来到了池塘边,水面平静得如同镜子一样,那光洁的水面上同样也闪耀着月亮灿烂夺目的光辉。

看着池塘的边缘，我无意中又想起了那片布满卵石的海滩，可能是因为这里也堆着许多石头的缘故吧。

不知道为什么，我突然开始模仿起妻子的动作，我从非常整齐地堆积起来的石堆里，用指尖随便抓起来一块，想看看下面是不是有什么东西。

不出所料，没有什么特别的。既没有韩国洗衣粉的盒子，也没有泥土、海蛆什么的，什么都没有。

我又拿起一块来，然后又拿起一块。这已经是第四块了。

当我拿起第四块石头时，我在石头下面发现了……

似乎发现了什么东西，一个又小又白又圆的物体。

嗯？我弯下腰仔细看了看，还是看不出是什么东西。我又把两边的石头都拿开了，连下面的石头也试着挪了一下。

那个东西下面还连着什么，不，那是……

人的手指。

纤细的，白嫩的，非常漂亮的，人的手指。

在石头的下面埋着一个人。

不知为何，那个时候我好像觉得石头下埋着的并不是人的尸体。可是冷静地想了想，活人是不可能就这样被埋在土里的，只要不是脑子坏到一定程度的话，谁都会认为这下面埋的是尸体吧。

这样一想，真是有些恐怖了。如果真的是尸体的话，那可不是什么能让人心情愉悦的事情啊。更重要的是，这可是犯罪啊。

不过，我并没有因此而手忙脚乱，而是用指尖继续挖着那根手指周围的泥土。那里露出了一只外形非常漂亮的女性的手。

啊，这底下肯定埋着一个女人，我那时是这样想的。我暂时忘记了妻子和其他的一切事情，忘我地在土中不停地挖掘着。可最终什么也没有挖到。

埋在土中的只是一只断手。

那是一只女人的右手，指甲很完整，手指的长度和比例也很好，形状非常优美。

我拿起了这只断手。

这不是什么人造的东西。毫无疑问，这就是人的皮肤。无论是手掌的柔软度，还是关节的构造，怎么看都和活人无异。因为皮肤上的土都已经干燥了，所以看起来不是很脏。

嗯，果然只是一只断手，和我想象中的一样。

我不觉得那是一只被砍下来的手，也没有去想它是谁的，只是单纯地觉得那是一只手，我也不知道为什么会这样。

或许是因为它还带着体温吧。那种凉凉的、女性的体温，和尸体的那种冰冷是完全不同的温度。

我把那只断手拿到池塘里用水洗了洗，然后用和服的衣袖认真地擦拭干净。

手上肌肤的纹理是如此细密，表面也很光滑。虽然不会再动弹了，但是它还活着。

是的，栩栩如生。

如果它死了的话，应该早已经腐烂了，即使没有腐烂，也应该会散发出尸臭。更何况，死人和活人的皮肤弹性也是不一样的。

我试着握了一下它，没错的，它就是一只活人的手。

那只手的切断面是怎么样的，我完全没有印象，这也是证据之一。如果是被切断的话，应该是可以看见肉和骨头的。我觉得它不像商店里的模特儿那样，有着平整的断面，但也不是浑圆的，似乎也不是模模糊糊就那样消失了的。

但是，确实是一只断手。

啊……

我站在洒满皎洁月光的园子里，怀抱着一只断手，忘记了世间的一切。

到底持续了多久呢，就这样站在凤尾蕉的旁边。

"现在可以开始为您准备晚饭了吗？"门外传来了女招待的声音。

我看到园子里天色已经渐渐暗了下来，于是回答道："麻烦您了。"

女招待走进房间，看到我还没有换衣服就对我说："您还没有更衣啊？您先去泡个澡多好啊。"我只好答道："嗯，我等会儿就去。"

"我想向您打听一件不相关的事，这个园子里……"

是不是埋着一只手啊，总不能这样问吧。

我只好吞吞吐吐地说："算了，没什么。"

"哦，客人，您好像真的是非常喜欢我们的园子呢。"

"嗯，可以说我是为了再看看这个园子才来的。您好像经常打扫这个庭园，不知道您是否捡到过或者看到过什么奇怪的东西呢？"

"没有啊。"她马上回答道。

"哦，那我想再问您一件事，那里不是有个石堆吗？那到底是什么呢？是什么坟墓之类的东西吗？又或者是有什么别的用途吗？"

"说起来，这园子是很久之前的人建造的。听说是昭和二年建成的，这石堆从那时开始就有了。听老一辈的人说，是类似于假山水[1]之类的东西。您看，那里不是还盛着沙子嘛。所以说，只是装饰用的。"

"哦，原来是装饰啊。这么说应该没有什么东西埋在下面了。"

女招待一瞬间愣住了，然后笑得前仰后合地说："要是埋着什么宝贝的话，我早就去挖了。"

1　日本室町时代的庭园样式的一种。受中国元代和明代山水画影响，不用水，而用沙子、石头和树木等象征性地表现湖海、山川等景观。

我要了一杯啤酒，然后和她说接下来的事我可以自己来，不叫她的话就不用过来了。

我一个人默默地吃了起来。虽然七年前吃了什么已经完全不记得了，但是这次的饭菜也并不难吃。只不过，这地方虽说离海边很近，却没有刺身可以吃。说起来，妻子当时也是因为这一点才开始愤愤不平的吧。

饭吃完了，还没等我叫她，女招待就非常合时宜地来给我铺床了，她帮我在套间铺好床褥。她收拾走了碗筷之后，我又成了孤家寡人。

窗外夜已深。

园子里又洒满了皎洁的月光。我不知道被什么东西驱使着，又来到了园子里。

七年前，我捡到了那只断手，然后完全失去了对妻子的兴趣。虽然还没有到厌恶的地步，但是已经毫不在乎了。和妻子的交流变得简单粗暴之后，自己也就不会再感到愤怒和悲伤了。取而代之的是，我停止了对妻子一切的妥协和让步，也不再主动接近她。

那天晚上我度过了一段甜美的时光之后，我将那只断手……又放回了原处，盖好泥土，又在上面重新堆好石头。

一切都完好如初。

我穿上了拖鞋，它看起来还是很新的，估计不是以前的那双拖鞋了。以前的拖鞋到哪儿去了呢？可能拖鞋这种东西真的用不了七年这么久吧，再说那个时候它们就已经很破旧了，这也是没办法的事。这玩意儿，一旦坏了也就结束了，只能扔掉。说起来，轮船上的老人肯定也已经不在人世了。

从这家旅馆回去的三年之后，我们分居了。又过了一年之后，也就是三年前，我和妻子正式离婚了。

现在，我连她的样子都记不起来了，脑子里面还记着的只是一些琐事。

比如一些无聊的话语，又比如她背后的痣，还有动作、声音、眼皮、耳朵的形状之类的。

这些细微的部分我还能回忆得起来，可是妻子的整体影像已经无法在我心中再次形成了。与妻子的回忆只是暧昧的东西，与妻子的回忆只是碎片似的东西。不，这些东西都已经是过眼云烟了。

而我，站在凤尾蕉的旁边，凝望着池塘的水面。石头还是那样堆积着。我用力地向前迈出了一步。

我用自己的指尖……是在这附近吧？是这块吧？对，这块石头。我先把它拿起来，然后再移开两边的。

嗯，找到断手了。

我好像握手似的抓住那只手，用力地把它拉了出来。没有任何阻力，因为它既没有连着手腕也没有连着身体。

时隔七年后，我再次捡到了这只断手。

好久不见啊。

我把断手贴在自己的脸颊上,感受着女人冷冰冰的体温。

你还活着啊,真是太好了。

一想到再也坐不上那艘船了,我不禁感觉有些怅然。

我的朋友

我在一条没有色彩的街道上闲逛着。

天空白白的，建筑物黑黑的，道路是灰褐色的，映入眼帘的一切都显得那样萧瑟。

矗立在街道两旁的电线杆，怎么看都好像比普通的细了一些，而且像是烧剩下的火柴棍那样黑黝黝的。

那些无拘无束的电线在天空纵横交错，在白色天空的映衬下显得格外乌黑。那些烧剩下的"火柴"以自己特有的等间距方式矗立着。这幅画面看起来简直就像是笨拙的小学生画出来的透视图，呈现出一种夸张失实的远近感。

不知道这条路接下来要通向哪里，远远望不到尽头。

这条街道并不是很宽。可能是因为我不太熟悉这里的地形，所以才觉得这条路很长吧。实际上也许很快就能走到尽头呢。不，虽说是能走到尽头，可是这条路的尽头到底通向哪里我并不清楚。再说，路这东西本来就是没有终点的，所以这种说法是错误的。既然没有目的地，"到达"这一概念也就不存在了。

就这么走啊走，一直走下去，这条街道就会结束的。

话虽如此，就算这条街道结束了，我也不会知道。即使走着走着就到了邻近的街道上我也觉察不到。我不可能一边看着门牌一边走路，更何况就算看了也看不出什么变化。就算走到了另一条街道，街景本身也不会马上就变成别的颜色。

街道的风景，是不会像黑白电影结束后插进来的广告那样五彩缤纷地变幻的。

肯定是不会改变的。

归根到底，我毕竟不是走在地图上，门牌号之类的对我而言没有什么意义。

一丁目也好，二丁目也罢，对我来说，都是陌生的风景，这一点不会变。也就是说，我是通过此刻我所在的地方来认识这条街道的。这样一来，无论我走到哪里，哪里就是这条街道。所以这条狭窄的街道，大概永远也不会有终点吧。

这样说来，那张夸张得可以的透视图，也未必会错得多么离谱。只不过不管怎么向前走，终点永远都在向前延伸着。

路稍微宽了些，车也相应多了起来，却并没有让人感觉很喧嚣。

路的两边有一些店铺。那里立着一些画有红黄颜色的招牌，旁边还有一些瘦小的行道树。虽然每一棵都有着自己的颜色，但不知道是相互抵消了的原因，还是因为经过空气这个滤

我的朋友　　31

光镜之后给淡化了，整体看起来显得非常单调。

路上有一些行人来来往往。

侧耳倾听的话，还能听到人说话的声音，但是只是一些呜呜呼呼不知道什么意思的声音。那声音和汽车开动时的声音没太大区别，在我听来别说是日语，连人类的语言都不是。这是一种混合在风声、脚步声中才妥当的声音，总而言之，就是应被归类为噪声一类的声音，没有任何意义。

狭窄却无止境，清澈却漆黑一片，杂乱无章却又恬静。

非常矛盾。

也许一切都是主观的问题。如果是这样的话，有矛盾也是正常的。大体上，我对时间的感觉已经迟钝了。我到底走了多久呢？感觉自己好像已经走了一整天似的，可是回过头去还是能看见车站，所以我可能只走了几分钟而已。我感觉再过不久太阳就要落山了，可时间明明还只是上午。

从多方面来看，我的空间感可能已经麻痹了。

即使那样也没什么关系。无论是继续这样走下去直到晚上，还是现在马上转身回家，抑或是走向别的街道，或者干脆就在路边一直站下去，都不会有任何人来责怪我的。

今天的我是自由的。

自由这玩意儿，是一种很无聊的东西。

在此之前，我从来没有休过带薪假。"再不使用假期的话，来年就要被清零了哦。"我不止一次被别人这样劝告过。其实，造成这种结果既不是因为我特别喜欢工作,也不是因为工作忙到无暇休息。

普通,在工作方面,我觉得我很普通。即使休息了我也没什么可干的,所以就一直也没有休息,仅此而已。休息的时候要是做别的事情的话反而比工作还累,可什么也不干的话,就只剩下单纯的无聊了。我也常听别人嘴里说"偶尔也悠闲一下吧",可是"悠闲"这种东西到底是什么呢,直到今天我都没能弄清楚。

不管是肉体的疲劳还是精神的疲劳,只要好好地睡上一晚总会恢复的。晚上或者是周末加了班的话,休息一天也就好了。再多休息的话,只能让自己变得焦虑,反而难受。

当然,我也和别人一样,有着工作上的困难和人际关系的压力,可这些不是靠休假就可以解决的。如果辞职的话倒是一了百了,可是只是休几天假的话,仅仅是将问题拖延下去了而已。越是辛苦难熬的时候,休假对我来说越是痛苦。

也就是说,我在工作上只能算是普通的,又很拙于休假,所以在将近二十年的时间里,我都被时间和空间束缚住了。

虽说是被束缚住了,却并不是说我生活得就比别人更加认真、有规律。我也会迟到,也会因生病缺勤,身体状况不好的话也会早退。可是无论迟到还是早退,都是建立在出勤时间和下班时间都已经明确规定的基础上。今天比平时早了或者晚了,这个"平时"正是束缚住我的时间。"直接去对方公司了"

我的朋友　33

和"直接从工地回家了"等也是以家和公司间往返这种行为作为标准而产生的说法。

有了基准才会有偏离，基准不存在的话，偏离也就无从谈起了。

休息的时候就没有基准，没有午休的时间，也没有下班的时间。做什么不做什么，都无所谓了，正因如此才显得无聊。我常年不休假，就是这个原因。悠闲啊，自由啊，这些词语的意义，无论怎样我都体会不了。

今天的我是自由的。

我申请了三天的休假，来到了一个陌生的街道上。没有目的，没有期待，没有计划。没有印象，也没有意义，连颜色都没有。可即使是这样，不知为何，我却没有感到一丁点不安。

年少的时候，只要一来到一个陌生的地方就会感到惴惴不安。如果是一个人的话，那就更不用说了。小的时候每天都不安得不得了，这种不安的记忆直到现在还深深地扎根在我内心某处。眼前的状况明明是能勾起我的这种不安的，可是我那随着年龄的增长而不断被磨损着的神经，似乎已经感知不到这种不安了。

我认为，无论怎样，总会有办法的。我觉得，无论怎样，总能办得到的。我知道，无论怎样，都没关系的。

又不是来到了国外。在这里语言是相通的，钱可以直接花，电话也能打得通。只要我想，要在今天赶回家也不是不可能的事。现在我就处在这样的地方，已经到了这个年纪的男人，有什么好不安的呢？

然而，正是这种"预定的和谐"[1]式的领悟，更加剥夺了所见所闻的光彩。

我走上了一座老旧的天桥。

即使居高俯瞰，这条街道的景色也还是没有什么变化，精彩欠奉。矮的山看起来只不过更矮了而已。既然已经走上来了，干脆就过桥吧。我走过桥去，从马路对面一侧下了桥。

天怎么变得雾蒙蒙的了？或许说烟雾缭绕更确切一些。我从台阶上走下来，站在了人行道上，眼前车站门前的主道上，矗立着一家本不应该出现在这里的五金商店。

这家商店……看起来有一点点眼熟。

店铺的门面相当陈旧，连货架上摆放着的锅都看起来有些年头了。让人感觉仿佛全世界只有这里的时间停滞了一样。当然，这种事情是不可能发生的。玻璃窗上贴着的公益广告的海报上是近期走红的偶像明星。旁边那一张是印着现任首相照片的政党宣传海报。可是，这些新东西都与店内的氛围不大相符。反倒是墙上那些已经掉色的旧促销广告看起来与店里的样式正合适。

我在五金商店的转角拐了过去，来到了一条巷子里。沿

---

[1] 德国莱布尼兹的哲学理论。这一理论认为，宇宙由无数个单纯的实体单子构成，上帝早已在单子之间奠定了和谐。

着大路走的话，无论走到哪儿都不会有太大的变化。

刚一转过来，街道的景色就马上变得更加落魄寒酸了。

虽然还是那种毫无色彩的感觉，但是空气中却多了一股腐坏的气息。路上既没有车辆，也没有什么行人，稍微有些坡度的巷子也很快就走到了尽头。

我走上了另一条稍宽阔的道路。

这里和刚才的大路不同，除了宽阔些外没有其他任何可圈可点之处。只有前面公交车站旁站着几位等车的老人，附近连一家店铺都没有。

今天好像是集中收垃圾的日子，被尼龙网罩住的塑料垃圾袋堆得像小山一样高。三只肥大的乌鸦驻足在上面，隔着尼龙网不停地啄着什么。

看起来那些尼龙网也没什么太大用处啊，我不禁这么想。

我的习惯是上班之前把垃圾随手扔掉，至于被收走之前的垃圾会变成什么样子我还真不清楚。自己一直顽固地以为那种网是用来防范乌鸦的，现在看来与其说是用来防范乌鸦的，不如说是为了避免垃圾四处散落的。

乌鸦在"哇——哇——"地叫着。

我觉得它们好像在对我说"是啊是啊"，于是，我从那只黑色的大鸟的身上移开了视线。

突然间，我发现自己迷失了方向。当然，这只是我的错觉。我还处在刚才的位置上，并没做任何移动。

眼前的景色变得越来越古色古香，颜色也随之变得越来越淡。

突然间，一辆车身画着不太美观的彩色圆圈的公交车，一边发出白噪声一样的声音，一边从我身边开了过去。尾气的臭味从我的鼻尖拂过，转过头一看，刚才等车的三位老人已经不见了踪影，想必已经坐上这辆车离开了吧。

那辆车要开去哪里呢？真有点想去坐坐看呢。

路过一座新得简直有些不自然的寺庙，走过一条没有信号灯的人行横道，在一家歇业的理发店门口转过弯后，我又来到了一条狭窄的小路上。

啊，看起来好眼熟啊，我记得这里。站前的路虽然完全没有印象，但是这里我却记得。这里有钢筋混凝土盖成的公寓，也有非常少见的木质住宅。搁置许久的三轮车旁，一只儿童的帆布鞋遗落在那里。那是一只印着卡通人物的廉价货，图案是近期才上映的特别版英雄。鞋看起来很破旧，但确实是最近的东西。

这是理所当然的。

几朵黄色的小花在路边盛开着，不知为何，花朵的黄色看起来格外鲜艳夺目。我暂时停下了脚步，驻足观瞧着。这到底是什么花呢？

那是一种儿时经常能够看见的花朵。

说起来，花这种植物，就是应该盛开在路旁的。

我的朋友 37

已经干燥成半枯萎的草丛下边,有一条臭水沟,沟的旁边靠近道路一侧立着护栏。顺着护栏的方向稍稍前行,我又看见了一条岔路。路面虽然很窄,却是一条很陡的上坡路。

这条路我之前肯定走过两三次。也许是自己的错觉吧,但是我真的觉得自己走过这条路。

这并不是什么似曾相识的感觉。之所以这么说,是因为我曾经在这条街道上居住过。那还是在我上小学的时候,说起来已经是三十多年前的事了,我曾经在这条街上住过一段时间。虽然只是短短三年半的时间,对我来说那可是在一条陌生的街道上生活了这么久呢。

只不过,我住过的住宅区是在车站的另一头,离这里还有很远的距离。现在想想,小学生的活动半径还真是小得很,连记忆中去车站的次数都屈指可数。

况且,那时候的车站前面什么都没有。这条街道本身虽然有些年头了,可是我记得车站却是那时刚刚建成的,因为我记忆中的车站是非常新的。我之前住的地方是在山上开辟出来的新兴住宅区,估计铁道也是沿着它的形状和走向来铺设的。那时站前的街道还没有被开发起来,店铺、银行、柏青哥[1]店

---

1 柏青哥(パチンコ),从日语发音音译而来,又俗称"爬金库"或"日本三七机",是一种电动游戏机,分为弹子和片子两种。中奖后亮灯,可显示已玩次数、中奖次数。1930年始创于日本名古屋,据说发源自欧洲的撞球机。

之类的全都没有。

那时候，母亲不得不穿过车站到这边来买东西，非常不方便，她总是为此而抱怨着，而当时是孩童的我还不知道这些内情。

没有什么关系。

车站前面有的只是一条空旷的道路、一个工地和一片荒凉的空地，年幼的我只知道这些。没有什么事的话我也不会去那儿，就是去过现在也不记得了。

印象本就淡薄的车站屋舍现在已经被改建成了车站大楼，完全没有了记忆中的模样。并不是说这里丧失了原来的风貌或是我对它的怀念之情消失了，而是这里变成了一处对我来说完全陌生的地方。

不，还有那家五金商店，也许它从那时开始就已经存在于此了。

是这样吧。

是这样吗？

当然，儿童时代的我只是没去过车站前面的地段，不过，却曾经越过学校附近的铁道口，来这里玩耍，起码我记得是这样。也许我记错了，但是我相信自己一定来过这里，因为我记得自己小的时候曾经走过很远很远。

实际上一下子就到了，其实没有多远。对大人来说，只是徒步三十分钟左右的路程。

我的朋友

原来是这样。

于是我明白了，自己从来到这条街上开始，一共只过去了三十分钟而已。现在我所在的位置，从车站直接过来的话也用不上二十分钟。无论怎么曲折迂回，无论怎样闲庭信步，所花费的时间大概也就是这么长了。

接下来的一瞬间，我突然感到有些无聊了。

我走上了一条看起来有些眼熟的坡路。路上虽然铺着柏油，可是施工质量却让人不敢恭维，杂草竟纷纷从龟裂的缝隙中调皮地探出了脑袋。这是一条没有区分人行道和车道的狭窄小路。

这个路面我倒是记得非常清楚。只是道路两边民宅的面貌，总觉得有些不同。看起来都是些有年头的老房子，没有哪家像是被改建过的。从外观的状态上来看，这些房子至少有二十年以上了。就算最近刚刚被翻新或者修缮过，房龄恐怕也不会低于三十年。这样的话，看着有些眼熟也是再正常不过的事。

为什么总觉得有些不对劲呢？

——不对吧。

这好像不是我记忆中的那条路。如果是这样的话，这里又是哪里呢？现在几点了？感觉快到傍晚了。

不是有句成语叫作"晕头转向"嘛，用来形容我现在的处境再恰当不过了。

我从站前的大路上走出来之后到底拐了几次弯呢？太阳应该是在哪个方向呢？

　　抬头望去，天空依旧是纯白色的。洁白的天空中有几条黑线穿过——那是电线。几条黑线的中间部分有几点更为凝重的黑色，我知道那是乌鸦。这时，其中一只乌鸦叫了一声。

　　乌鸦这种动物，到底能活多少年呢？城市里的乌鸦都体形硕大，而且我也从来没有见过乌鸦的雏鸟。因事故而死去的乌鸦尸体我倒是见过，但不可能所有的乌鸦最终都死于事故吧。和在街上看到的乌鸦的数量相比，乌鸦尸体的数量真是太少了。

　　再说了，乌鸦都栖息在哪里呢？

　　有一首童谣叫作《七只小乌鸦》[1]，歌词里说，乌鸦的老巢就在那遥远的深山里。我想，城市里没有什么像样的山，绿地倒是有一些，难道它们就是在那里筑巢吗？还是说它们也在人们生活的地方附近的某处偷偷地栖息着呢？

　　巢穴还是在远一点的地方更好，就在那里静悄悄地出生，然后静悄悄地死去，这样最好。我这样想着。

　　这附近的地势虽低却有山川耸立，对于那只乌鸦来说，

1　即最广为人知的日本童谣《七つの子》，歌词为："乌鸦为何在啼叫？因为在遥远的深山里，有七只可爱的小乌鸦呀。好可爱呀好可爱，乌鸦啼叫着，好可爱呀好可爱，不停啼叫着。去山里的乌鸦老巢看看吧，那些圆溜溜的小眼睛，多么好的小乌鸦呀。"因日文的"七つ"有"七只"和"七岁"的意思，因此歌名又可译为"七岁的小乌鸦"。

我的朋友

这里也许就会成为它的归宿。可我呢？哪里才是我的归宿？我是来造访这条街道，还是又回到了这里？

我回到了一个自己没见过的地方，这顿时让我产生了一丝虚无缥缈的感觉。

平时被时间和空间束缚并已经习惯了这一切的我，不正和那些透过网兜啄食垃圾的乌鸦一样吗？不同的是，我绕树三匝却无枝可依。

我又回到了这里，一个我没有见过的陌生地方。这里并不是我的巢穴，我也不会在这种地方死去。

只是因为迷路了，才胡乱走到这里的吧。

我真的曾经在这里住过吗？

像这样的街道实在是太多了。风景什么的，哪里都是一样的。城乡合并之后，这片土地的名字都更换了。或许真的是自己记错了。嗯，肯定是记错了。

这个地方，我真的没有来过。

我听到了翅膀挥动的声音，一只乌鸦跳起来飞走了。

脚下的道路以一种奇妙的角度弯曲着，最终在前方岔开成两条，各自向前延伸着。 路边的民宅逐渐拉开了彼此之间的距离。我选择了一条上坡路继续前行。还是继续走下去吧，虽然不知道前方通向哪里，但是总会到达什么地方的。

前方有一片好似森林的黑色区域，那是一所学校，大概是一所中学的背影吧。虽然我后来从这里搬走了，但是我的很多同学应该都进了这所中学。我上小学的时候,很喜欢跟那些已经毕业了的大孩子玩,所以经常在放学后来这里找他们。

这里还是我居住过的那条街道吗?

我站在这里回头张望,身后是歪歪扭扭的房屋,蜿蜒曲折的下坡路和一条潺潺的小溪。小溪的岸边盛开着一片片黄色的花朵,倾斜的河堤砖墙上晾晒着一些刚刚洗好的衣物。还有一根烧剩下火柴似的电线杆立在那里。

电线杆的旁边,站着森田。

森田是我的朋友。

小学三年级的那个夏天,我搬到了这里。第一个对我这个转校生敞开心扉的就是森田。

森田是个块头很大的孩童,精力充沛却并不擅长运动,也不是一个活泼的孩子。他常常被别人"阿森!阿森!"地叫着,每当此时他总是低着头,小声地嘟囔出一些非常有趣的话。无论从哪方面来说都有些内向腼腆的我,会敏感地注意到他那些注定不会被班上大多数同学听到的、小声却机智的笑话。

到了四年级的时候,我们仍在同一个班级,两个人已经完全到了意气相投的程度了。

虽说意气相投,但还是会在内心的某一处刻意地保持一段距离。这种微妙的距离感让人感到心情舒畅,于是我和森田经常在一起玩耍。到了五年级的时候,我们中间又加入了一个叫田代的男孩,三个人几乎每天都泡在一起。

我的朋友

六年级快上完的时候,父亲的工作有了新的调动。我对这个地方没有什么依恋,唯一让我感到难过的是和森田的离别。

田代进入了这所中学,而森田则说要去不知道哪里的私立中学读书。三个人就这样各奔天涯,从此杳无音信。

和森田的再次见面,是三年前的事。

令我非常惊讶的是,森田竟然就一直住在我现在住的公寓的旁边。

"我住的是公司分给我的宿舍。"他是这么说的。

大学毕业后马上就上班了的森田,似乎从那时开始就一直住在那里。

我大学毕业后并没有马上上班,而且中间还换过两家公司。我是从七年前才开始租住现在的公寓的,也就是说森田住在那里的时间比我还要长。

虽说是在大街上不期而遇的,可他和我说话的时候我根本没认出来。快三十年没见面了,想来也是没有办法的事情。他以前是长这个样子的吗?我当时还有这样的疑惑。

我记忆中的森田还是小学时的样子,所以才会这样。然而,森田似乎立刻就认出了我。

森田知道田代的联系方式,于是我们三个久别之人又聚到了一起,重温了我们的友情。

那之后我们又一起聚了三次,每次都把酒言欢到天明,后来就暂时疏远了一段时间,因为森田的工作变得越来越忙了。

后来我和田代见过几次面。去年年末的时候，三个人第四次聚在一起开了一次忘年会。回忆起三个人小学时代的往事，这个那个的说了好多。相同的一件事也不知道反复说了多少遍。

一起聊了才知道，原来我们三个人和这条街道都没什么太深的缘分。我自从小学之后就再也没回到过这里，田代中学毕业后也马上就搬走了。而最常回来的森田是因为老家在这儿，每年都要回来探亲一次，可是每次回来除了家里基本也不去别的地方。由于工作的原因，每次回去待的时间也没有多长。

"那么，下次有空我们一起回去看看吧。"

记不清是我还是田代说出了这句话。

对啊，所以我才会回到这里的吧？

森田小的时候个头很大，现在却不是这样了，身形消瘦，白头发也多了起来。喜欢低头这一点倒是没有改变，却不像小时候那么爱笑了。

这也是理所当然的吧，毕竟已经不是小孩子了。可以无忧无虑尽情欢笑的日子，总是很短暂。

森田在又黑又细的电线杆旁，垂着头站着。上身穿着朴素的灰色T恤衫，下面穿着褐色的休闲裤，光脚穿着一双黑色的拖鞋，真的是和这褪色街道毫无违和感的一种颜色搭配。

他的脸被阴影笼罩着，没有任何表情。

总之就是没有表情，他一直都是这样。用谁也听不见的微小声音，嘀嘀咕咕地说着滑稽可笑的话，这就是森田。而且还总是一副一本正经的表情。他就站在那儿一动也不动，只是在电线杆的阴影中垂着头。

就这样站在这里看着他也不是办法。想到这儿，我转过身去背对向他，走上了坡路。

很快，我看见了中学的围栏，继续向前绕行的话，马上就能走到学校的正门了。

我到底还是记着的。可是，我并不打算去重温什么令人怀念的地方，所以故意挑了旁边一条不太熟悉的路走过去。岂止是不太熟悉，简直就是一条完全陌生的路。

一户人家用灌木篱笆把院子围了起来。另一家的院子里长着一棵与院子大小完全不相称的树。还有一家牙科诊所也在这里，外观看起来与普通民宅无异。这些建筑以前就在这里吗？也许有吧，我已经搞不清楚了。

我又走上一条稍微宽阔的路。

一辆小型卡车停在路中间，看起来好像是发动机坏了，正嘟嘟嘟地叫着。年迈的妇人和中年男子站在一旁手足无措。明明立着一面写着"美味拉面"的彩旗，可放眼四周却看不到拉面店到底在哪里。

仿佛是在观看一部电影一般。

面对此情此景，我丝毫没有印象。可是不知道为什么，只有这地面让我觉得眼熟。仅仅是低头走路这件事，已经让我觉得很是怀念。

　　无意中抬头一看，一家咖啡店赫然出现在我面前，门前的招牌上写着毫无新意的店名——"佐藤咖啡"。我感觉有点累了，于是轻轻地推开了店门。那不是感应门，只是那种粗劣木框中嵌有玻璃的再普通不过的门。

　　"吱呀"一声，门开了。

　　想不到店里面却是明亮得很，秃顶的老板用踩脚一般的动作倒着咖啡。可是店里明明一个客人也没有，不知道是倒给自己喝的还是要去送外卖。

　　老板虽然看起来无精打采的，倒还和蔼可亲，他对我说了句"欢迎光临"。

　　刚才在外面的时候没有注意，进来之后才发现这家店的窗户大得出奇，而且正对着马路，真是一家开放的咖啡店。

　　所以店里才会如此明亮。我不想看到窗外的景色，于是干脆背对着窗户在吧台前坐下。

　　我没看菜单就直接对老板说："那个咖啡能给我一杯吗？"

　　老板抬头，愣愣地说道："好的，我马上去给您煮一杯。"

　　"不用另做啊，您手头的那个不是刚刚煮好的吗？"

　　"嗯，虽然是刚刚煮好的，可是这豆子不行。"

　　"怎么？是很特殊的咖啡豆吗？闻起来真的是很香啊。"

　　老板说那是一种廉价的咖啡豆。

　　"给客人用的咖啡豆要比这种好些。"

"没关系的，就给我这个吧，反正我也喝不出咖啡的好坏来。"

"可是价钱怎么算才好呢？"

"就按正常的价钱算好了，反正您如果不告诉我的话，我也是喝不出来的吧？"

"大概喝不出来吧。"老板随口说道。

"话又说回来，老板，您这咖啡是打算冲给自己喝的吗？"

"是啊，平日里白天也没什么客人。客人您是因为工作来这儿的吗？"

"不是因为什么工作，再说了哪有那种需要在大白天跑到咖啡店里消磨时光的工作啊？"

"那种销售的工作不是需要经常在外面跑来跑去的吗？"老板说。

是啊，工作也是形色各异的，不是只有在公司里面坐着的才算是工作。

"不，我是来这儿旅游的，只是一名观光客。"

"观光？来这儿吗？"

"这里可没有什么好玩的。"老板一边这样说，一边把咖啡递给我。

"这里既没有什么高山大海，也没有游乐场之类的，更别提什么千年古刹了，只是一片居民区而已。"

"嗯，这个我倒是知道的，三十多年前我也曾经住在这里。"

"三十多年前吗?那可真是很久以前了,要知道我开这家店至今才不过十二年而已。"

我对老板说我感受到了这里的变化。

"有变化吗?真是没有什么感觉呢。昨天是这样,去年是这样,十年前也是这样,至少在我看来是没有什么变化的。您瞧,从那个窗户里能看见的景色,自从我在这里开店开始一直就没有变过。"

"也有可能吧,我呢,以前是住在车站对面的那片住宅区的。"

没想到,老板却告诉我那片住宅区在很久以前就被拆掉了。

"被拆掉了啊?"

"是啊,这边的老街倒还是原来的样子,那边已经完全变了。那里建了一所大学,附近还有一座净水厂。总之,已经不是原来的住宅区了。"

"是这样啊。"

那样的话,真的是越来越陌生了。我所知的那条街道,原来只剩下断壁残垣了。

"那所中学还是老样子吧?"

"嗯,大概四年前吧,校舍翻新过一次。"

"它也变了啊,那车站对面的那所小学呢?"

我的朋友

"啊，那里听说今年也要拆掉了。学生越来越少了，还说那里有石棉什么的。"

"是啊，有倒是有。"

"说起那所小学，我儿子也是那里毕业的呢。"

果然，这里正是我曾经居住过的街道。拆掉了，消失了，这些消息使得我开始在脑海中重播自己的每一段记忆。这种情感，与其说是怀念，不如称之为"丧失感"更恰当吧。

"这么说，客人您这算是探亲……应该也算不上了，不好意思。那么是来这里怀旧的，是这么说吧？"

"虽说如此，可这里哪还有我的旧时回忆啊。"

哪里都没有。不，也许原本就没有。

"您在这儿还有什么朋友吗？"

"嗯，朋友嘛，还是有的。刚才还看见了。"

"那真的是太好了。"

"也不能这么说。其实，我的那位小学同学不久之前猝死了。"

"啊？去世了？"老板提高了声音，紧接着又说，"请您节哀顺变啊。客人您看起来还是很年轻啊。"

"已经四十多了，哪里还算年轻。不过离死还远吧，我自己一直都是这么觉得的。现在看起来似乎也不一定是这样。老板您也小心一点吧。"

"是啊，我今年已经五十二岁了。四十岁时我开了这家店，十二年了，每一天都是一成不变的，就好像一直在看着一部反复重播的电视剧。在这种日子里，我渐渐忘记了自己也在一点点老去，现在被您这么一说，仿佛真的就要见到人生的终点了。"

"电视剧的重播也该结束了啊。"老板又说。

"会突然就结束吗？"

"是啊，很突然的。"

田代给我公司打电话是上周的事。那天是周一，我正打算收拾东西下班回家。

电话里田代的声音虽然显得很平稳，但也能够听出来他有些心神不定。

"森田他……去世了。"田代是这么说的。

我简直要怀疑自己的耳朵了，可当时我根本无暇去怀疑自己。"死了？怎么会这样呢？"我只顾着机械地反问道。

"好像是死于心肌梗死。"

心肌梗死……于是，我终于开始慌张起来。

从田代那里仔细打听了医院的名字和地址之后，我从公司直奔那里。

脸上一副奇怪表情的田代站在门口，森田的父母和兄弟站在病房里。

森田躺在床上，脸上盖着白布。

森田的父亲似乎还记得我，对我说："还劳烦您也赶过来了，请再看他最后一眼吧。"说罢掀起了白布。

森田紧闭着双眼，脸上的皮肤已经僵硬，嘴角微微张开着。

"都是因为工作过度啊。"森田的父亲说，"他没有什么兴趣爱好，脑子笨，又不擅长和人打交道。他就是这样一个孩子，所以只好拼命地工作。今年正月回家探亲时，难得看见他开心了一次，说是能再见到您和田代实在是太开心了。还说等过一段时间工作稍稍空闲下来了要和你们一起再回来玩呢，没想到现在变成这样。"

"真是不孝啊。"他这样总结道。

真是非常遗憾。

第二天下午，在森田住了很久的那条街道上——也就是我正居住的那条街上的一家殡仪馆里，森田的遗体被火化了。连守夜之类的仪式都没有。

森田的骨灰无论如何都需要葬到家族的墓地中去，他家的菩提寺[1]不知道是在九州还是在什么地方，因此所有的殡葬仪式都会在那边举行。

我和田代帮忙把森田的骨灰装进了盒子里，和他进行了最后的告别。那之后，森田家准备了简单的宴席，来的全都是他家里的亲戚，我们也就不便久留。

---

1 日本的一种寺庙种类，为一个家族代代埋葬祖先遗骨、吊菩提之寺，也称作菩提所、菩提院等。

那天晚上，我和田代用我们自己的方式，为森田举行了守夜仪式。

然后……所以……

"真是太伤感了，好不容易用掉攒了许久的休假，时隔三十年后又来到这里，却发现什么都没有了，就是这种感觉。"

"是啊，都过了三十年了。"老板也感叹道。

"虽说是很长的时间，可是对我来说，十二年的时间就像过了一天似的。时间这东西，有的时候并不是你感觉的那样。"

"也许吧。请问，现在几点了？"

"嗯……"老板一边沉吟着一边把头偏向了一边，接着说道，"我店里没有钟表，因为从开门开始到关门为止，我的时间就好像停住了一样，要钟表也没什么用。"

"可是那样一来不是很不方便吗，到了该打烊的时间您岂不是也不知道？"

"我觉得该关门了就是到了打烊的时间了，基本上差不多。"

"原来是根据老板您自己的标准来判断啊。"

世上竟有这种计量时间的方法。

"具体几点什么的也无所谓了，反正还没到晚上就对了。"

"嗯，肯定是白天啊，您看我这里不是还开着嘛。这么说来您也不是来为朋友扫墓的啰？"

"不是啊，他的坟墓不在这里，不过……"

刚才本人倒是出现了。

我和老板这样说了之后，他马上问道："那是鬼魂吗？"

"世上果真有鬼魂这种东西吗？"我反问道。

"应该没有吧。"

"我也觉得没有，所以肯定不是鬼魂。如果说鬼魂的话……"

我是鬼魂，你也是鬼魂。

"老板，您还活着吧？"

"嗯，我觉得还活着吧。"老板说完后看了看自己的身体，"怎么看都不像是已经死了的样子。"

"不过，即使老板您死了，明天恐怕还会在相同的时间来到店里，一如既往地打开店门站在这儿吧？"

哈哈哈，老板大笑起来。

"死了以后如果自己也不知道的话，还真的容易变成这样呢。"

"直到觉察到自己已经死了为止，可能会一直这样持续活着时的状态吧，我肯定也会这样。只是待在一个地方的话并不能证明什么，为了证明我还是我自己，我需要在同样的时间去同样的地点，然后再在同样的时间回到原来的地方。唯有如此，我才是我自己。至于是生是死都无关紧要。作为证明，一旦这种循环停了下来，我就没办法分辨出自己到底是活着还是已经死去了。"

正因如此……

"说不定还真是这样呢。活着和死亡,也许并没有太大的差别。"老板一边这样对我说,一边望着那扇面临街道的巨大窗户。接着又说:"如此说来,从刚才开始一直透过窗户盯着您看的那个人,就是您已经过世的那位朋友吗?"

哟,用余光一瞥,他确实站在那里。

"那家伙是穿着灰色T恤,暗色裤子,并且给人感觉有些阴郁的中年男子吗?"

"是的,头发很短而且白发很多。"

"就一直默默地站着吗?"

"不,一直在盯着您的背后看。"

"那么,他不是向下低着头?"

"不是啊。怎么说呢,不是瞪着您看,也不是站在那儿发呆,看起来也没有很悲伤的样子,应该说只是向这边眺望着。"

"哦……"

人死了之后就会变成那个样子吗?

我没有转头看,不低头看地的森田,一点也不像他。

我将杯子里剩下的咖啡一饮而尽,付过钱后对老板说了声"多谢款待",然后走出了咖啡店。

刚从咖啡店里出来,森田就瞬间出现在我眼角的余光里。我仍旧没有转过头,而是直接朝着车站的方向走去。

因为他已经死了。

我放弃了在这条陌生的街道上留宿,决定今天回自己的公寓。

因为,天色看起来还是上午。

床下的人

我和她说楼下的人的哭声实在太吵了，没想她竟然回应我说："那你去告诉房东啊。"

　　哪有什么房东啊，我的房子又不是租的。

　　"合买？那么说是买的啰？""物业管理员之类的总该有吧？""居委会什么的也没有吗？向他们投诉一下呢？""话又说回来，你都是有房子的人了，真够有钱的。"

　　都说过了，重点根本不在这里。我的朋友总是这个样子，而且她已经来我家玩过很多次了。

　　虽说是合买的，出钱的却是我父亲。所以严格地说，这个公寓是父亲的。

　　一直和我住在一起的父亲去年去世了，这件事大家应该都已经知道了。追悼会也来参加了，不是还对我说了许多吊唁和安慰的话语吗？

　　"没关系的，一定要坚强啊。""从现在开始你就要一个人生活下去了。""外面太乱了，多加小心啊。""虽说门是自动锁的，但是住一楼还是很不安全。""有什么事就打电话啊，我住得近，随时都可以过来帮忙的。"

大家对我说了这么多，这么快就都忘了。

"不过贷款都还完了，也就是说不用再付什么房租了吧？真羡慕不用交房租的人啊。一旦有急需的话，把房子一卖就可以了。虽说有些不太冷静，不过也够走运的了。这下能攒下很多钱了吧？"

唉，连这种话也说出口了吗？

交了那么多的遗产继承税之后，总有一种深深的挫败感。不过还能交得起税真是不错了。存款花了一干二净之后，保险的金额也就下调了，可是两相抵销之后还是觉得有些吃亏。

这些我都说过了。

不过仔细想想的话，她有个姐姐还是妹妹来着？我真的不太记得了。她住的公寓是六层还是八层，我也不太清楚。名字是由美还是由美子呢？可能连字都不对。

我对她的了解大概也就到这种程度。不过还是希望她说话的时候能够再斟酌一些。

"最近楼下经常传来哭声，而且是呜呜的那种。"

"哦？家里有狗吗？你这个公寓还允许养宠物啊？"

"不是啦，白痴。不是有种哭叫号啕大哭的吗，哭起来呜呜的那种。"

"你模仿得不对吧？号啕大哭不应该是'呜哇'的声

床下的人　59

音吗？"

"'呜哇'好像是小孩子的哭声吧？"

"小孩子的哭声应该是'哇'这样吧？"

才不是那样呢，如果是那样就好了，还可以大声吼回去说吵死人了。

"怎么？是歇斯底里的那种吗？也就是说像地狱一样激烈了？"

"是啊，很讨厌吧。那种负面的意念波源源不断地传过来。"

"意念波是什么？是电波吗？你是那种有特异功能的人？能发出来电波的那种？"

"不是啊，不是有那种吗？站在旁边看到别人发火，虽然和自己没有什么关系，但是也感到胆战心惊的那种。"

"有是有，不过那是因为看起来好像马上就会殃及自己吧？而你和他们又不在同一个楼层，所以就只是吵到你了而已。"

"这种事有的时候也会惊动警察吧。他们来了之后不就热闹了吗？前不久对面那家正读高中的儿子大闹起来，然后警车就来了。"

"真的假的啊？那不是家庭暴力吗？太可怕了吧？是谁听到尖叫声之后打电话报警了吧？"

"那家太太的尖叫声只要是在附近都听得见啊。"

"不过做得也没错啊，觉得实在太吵的话还是直接报警比较好。"

"话是这么说，可是如果被人家知道了是谁报的警不就糟了？"

"自己不说，有谁会知道？"

"要是失声尖叫的话我还能容忍的。"

"街坊四邻也都能听见的吧。"

不是这样的啊。才不是尖叫、惨叫、号哭这一类的声音。那是一种轻轻的啜泣。

抽抽搭搭，抽抽搭搭，偶尔还吸一下鼻涕。那声音有些沙哑，仿佛是在轻轻摩擦着什么东西似的。听见的都是这种细微的声音，反倒让人越发在意，实在烦得很。

"是因为你的地板太薄了吧。"被人家这么说了，"一般那么小的声音是听不到的。"

是啊，听不到的。听不到就是听不到，你就是把脸贴到天花板上哭我也听不到。我在这边哭，那人明明就在隔壁的房间，却听不见。我把房间的门都打开了，那人却还在那里看球赛，我过去和他说："喂，人家是因为你一直不搭理我才哭的好不好！"他却只是在那里笑嘻嘻的。

"那是我的男友，前男友。"从妄想中回过神来，自言自语道。

"我住的地方是租金比较便宜的那种，房子盖得有些简陋，"

钢筋也很少。即使是这样，我那里也不像你这儿能听到那些细微的声音。走到阳台上倒是多少能够听到一些。楼下的夫妇真是的经常吵架呢，不过也不知那里住的是不是夫妻俩。叮叮当当的，不知道是丢东西撞到哪里了，有时还能感受到楼下传来的震动。但是不开窗不出去的话是听不到什么声音的。偶尔能够听到'啊'之类的尖叫声。"

还会发出"啊"这样尖叫的声音啊，果然是家庭暴力吗？不过这声音也有可能是男的发出来的吧。

"楼下的声音不是那么轻易就能听到的吧？"

"是啊，我家也是这样。听是能听得到的，不过只能听到一些'嗯嗯啊啊'之类比较低沉的声音，楼下人好像经常在家看一些恐怖电影似的。"

"'楼下人'这种叫法太奇怪了吧？"

"住在楼下的人不就是楼下人啰。话说回来啊，最近的恐怖电影不是会演着演着突然就变得很大声吗，'轰'的一下。"

"'轰'的一下那种才不是恐怖电影呢，那是灾难片好不好？"

"瞧，不是有故意吓唬人的那种吗？有点歪门邪道的恐怖电影。"

"只是能听到这种恐怖类的声音。"一说恐怖类的声音更让人摸不着头脑了。"比如为了要吓唬人突然'咚'的一声。说起来，恐怖电影里不是会经常穿插着一些重金属音乐吗？"

"嗯？我才想起来，你不是住在一楼吗？"

终于发现了。

"谁住在你下面啊？有地下室吗？有停车场吗？从停车场里传来的尖叫声？好像悬疑电影中的情节呢。"

都说了不是尖叫声，我家下面也没有什么地下室和停车场。

"那会是什么呢？是下面有地铁通过，还是有谁住在下水道里？"

"你都说了些什么啊，那也太恐怖了吧。还说什么下水道，日本的下水道有那么大吗，可以住得下人？"

"婴儿尸体什么的都可以从下水道里冲走的。"

"不可能的。"

实际上是不可能的。因为地面就是地面，结结实实的地面，下面没有什么别的东西，有的只是泥土和地基。

"那么……"

什么？到底是什么呢？

"从地面里传来的声音？那是……超自然现象吗？难道说是鬼魂？鬼魂的声音？"

竟然说是鬼魂。

鬼魂不应该是那种透明的、没有任何实际形状的东西吗？

算了，找别人商量也是无济于事。

这些事就这样充斥于我的日常生活之中，而我也就是这样整天整夜满脑子想的都是这些,因为这些就是我无聊的日常生活中经常发生的再日常不过的事件。

我觉得有些不太正常。

然而,仅仅是觉得有些不大正常而已,并未觉得有什么特别的。

第一次认真地确认这件事是在两个月前的一天。

那天,为公司无偿奉献了几个小时加班后已经筋疲力尽的我,终于在午夜十二点左右回到了家里。回来的路上我顺道去便利店买了几个热气腾腾的肉包子,那时候天气还是蛮冷的。可到家后,不知道为什么却没了胃口,连袋子都没打开就整个扔到了餐桌上。

我没有换睡衣就直接仰面朝天躺在床上了。

沙沙。

我听到了这样的声响,就在我"扑通"一声躺倒在床上之后紧接着听到的。

虽然不是什么大不了的事,可还是觉得非常别扭。仿佛是画面有些延迟的电影中的效果音那样,让人很不舒服。

就在那时,我突然回想起一件事。

虽说是回想,却不是那种将已经忘却的事又重新记起的鲜明生动的感觉,只能说是突然间开始注意到了一件隐隐约约有些记忆却从未放在心上的事。

好像——有什么东西在。

我有这种感觉已经很久了。

不，也许是自己的错觉吧，我这样觉得。即使真有什么的话，顶多也就是虫子之类的，比如蟑螂。猫或狗偷偷跑进屋里，还钻到床下絮窝这种事，正常来讲是不大可能的。当然，我也考虑到了是老鼠的可能，可老鼠一定会到处偷东西吃，不会只老老实实地躲在床底下。而且如果有老鼠的话，受害范围应该是整个公寓，恐怕不会单单闯进我的房间里，正常来讲应该是这样，我也是这么觉得的。

更何况，我是一个爱干净的人，卫生意识起码要比普通人强上一倍。由于工作的原因没办法每天打扫，但是每周至少用吸尘器吸一次地，擦灰尘时连边边角角都不放过，怎么会有老鼠和虫子呢？

可是，床底下呢？

我很久都没有打扫过床底下了。

如果滋生了什么的话，那可太讨厌了。

尽管觉得很讨厌，可大致上我是躺在床上之后才觉得下面有什么东西的，也就是说如果像平时那样换好睡衣，卸了妆，关上灯，做好一切睡前准备的话，大概也就这样睡了。

我的确觉得很不舒服，可这种不舒服还远未达到能够战胜睡意的程度。嗯，就这样继续睡吧，能够半睡着的话，那么声音也好，气味也罢，就变成一半是睡梦中的事了，还有一些是我的幻想。

床下的人

然后到了第二天清晨就忘了个一干二净,这种情况已经出现了很多次。

到底是一种声音还是一种气息呢?不过这种东西大多是人们臆想出来的。我就是总有这样一种感觉,而且睡着了之后好像还经常做噩梦,但仅仅就是"好像"而已。这种感觉如梦如痴,亦幻亦真,实在令人无从分辨,于是乎我也就不再想要刻意去弄清楚它了。久而久之,它就渐渐变成了我日常生活的诸多拖沓事宜中的一项了,甚至可以说它已经变成了一件日常琐事,完全被我丢进了记忆的角落里。

躺在床上时觉得下面似乎有什么,一觉醒来又回想着昨晚是不是觉得床下有什么东西来着,这种循环往复的思维怪圈几乎成了我的一种习惯。

尽管如此,我也没有想要把这件事弄清楚,或者说已经没有必要去弄清楚了吧。似乎很麻烦的样子。

何况这件事的优先等级太低了,其他需要处理的事情早已堆积如山了。

可实际上,那天我没有换衣服,也没有洗脸或洗澡。在那种情况下,无论有多么疲惫,我也不可能就那么睡了的。那样肯定会感冒,天气还是很冷的。更何况我还没有卸妆,刚买来的肉包子也还没来得及吃。

还有,那声音听起来是如此清晰。

我的动作以及由此引起的床的震动,与这声音很明显不是同步的。

我不由得竖起了耳朵。

不过这种情况下，多数都是听不到什么声音的。

因为听不到任何声音了，所以就又以为是自己的错觉，接着就拿起包子大吃起来。这绝对是再普通不过的情节了。

一般来说，人做出一个判断需要用多久的时间，我不太清楚。几分还是几秒？不过，那天的我真的是非常疲惫，距下一动作的间隔时间一定比平时稍稍久了一点。

这次我没有听到任何声音，我腰腹一用力将身子从床上挺了起来，也许还"啊"地呻吟了一声。

其实我并不是一个喜欢自言自语的人，只是开始独居之后偶尔也会发出一些叹息和吆喝之类的声音。

就在我下床的这一瞬间。

"沙沙，咔嚓，沙沙，咔嚓"，突然又听到了这种用文字难以形容的声音，或许连声音都算不上。反正就是有一种什么东西在蠕动的感觉，或者说是气息。

我弯下腰来，身体向前探出，脸贴在地板上，用这样的姿势窥探着床下。

——好像有什么东西。

这就是我当时最直接的感想。

不，也不算是感想。

——果然是有什么东西。

仅仅几秒钟之后,我在心中这样默念道。原来长久以来,我的潜意识里一直就觉得这并不是自己的错觉。

"那究竟是什么东西呢?"这样的反应应该再正常不过了,而我却没有这样想。我脑子里想的是"谁在那里",因为我感觉到有什么人在,不,有一个像人的东西在,说"像"可能也不大准确。

嗯,可以说,我看到的是——一张脸。

床底下居然有一张脸。

床下的空间如此狭窄,大概只有十几厘米高,按理来说人是不可能进得去的。即便是消瘦得形如鬼魅的人恐怕也不行,就算身子进得去,头也没办法进去。我也曾听说过一些奇闻逸事,有一则说的是杀人魔会躲在床底下伺机行凶。不过那说的都是国外的或者医院里那种高高大大的床,能够钻进普通家庭床下的顶多也就是动物或者昆虫。因此我才会一直觉得那是老鼠或蟑螂什么的。

但是现在那里出现了一张脸。

有眼睛,有鼻子,还有嘴,完全就是一张人脸。

也许下面还连着身子吧?只不过我最先看到的是它的脸而已。这种情形下,无论是谁都会愣在当场,至于它长着什么样的躯干,躯干上穿着什么样的衣服早就无暇顾及了。

那真是一张古怪的脸。

床下的空间那么小,我的脸算是很小的了,大概也只能进去一半而已。可是那张脸却真是大得可以，几乎有一个抱枕那么大。我没有什么抱枕，所以这只是我的印象而已。但我敢肯定的是它绝对要比我的枕头大多了。

从物理学的角度讲，无论如何这都是不可能的吧。

狭窄的空间里有一张巨大的脸。

用一句"这没有道理啊"一带而过是非常简单的事，可是在现场目睹了这一切的话，是绝对没有办法轻描淡写就过去了的。

我就这样凝视了它很久。

这张脸……看起来似乎很柔软的样子。

它被挤压在小小的空间里，有些微妙地扭曲着，我说看起来有些奇怪大概也就是这个原因。

看起来像是年糕……还是什么呢？似乎没有那种黏糊糊的感觉，好像更接近人类的皮肤。

脸是令人难以置信的大，可是鼻子、眼睛，还有嘴倒还是普通的尺寸。或许是光线太暗的缘故，眼睛看起来竟然是全黑的，还长着长长的睫毛。没有眉毛。不，不是没有，是太稀疏了。

它的鼻子歪向一边，右边的鼻孔略大，可能是由于脸被挤压后绷紧了的缘故。让人感到非常意外的是，嘴唇的形状倒是挺漂亮的。

它的嘴闭得紧紧的，单单看那张嘴的话，真的是与常人无异。耳朵是什么样子的已经无从知晓了，左边的耳朵贴在床板上，右边的耳朵贴在地板上。头发是什么样的也看不出来了。

我究竟这样一直盯了多久呢？主观上感觉已经过去了一个小时，可实际上只过去了一分钟左右，这就是所谓的呆若木鸡吧。

我终于挺身站了起来，然后默默伫立了许久，思索着接下来如何是好。

其实并不是这样的。

那时我的思维已经陷入了停滞状态，因为我莫名其妙地去水池前刷了牙，整个人已经清清爽爽了之后，又拿起肉包子大吃了起来。

怎么颠三倒四的？

而我已经没有精力吐槽自己了。结结实实地大吃了一顿之后，我扔掉了包子的包装纸，又认认真真地将塑料袋叠了起来。接下来，我拿起和包子一起买回来的芥末，准备放进冰箱里。一瞬间，我想起芥末还没有开封，应该是不用放到冰箱里的，刚想作罢，又一想这屋里能够躲避高温和日光直射的地方大概也就只有冰箱了，于是又打消了将它拿出来的念头。

我再次来到了床前，俯下身去，手扶地面仔细观瞧着。

一张巨大而扭曲的脸。

"哇！！！"我终于大声尖叫了起来。

朋友们，请注意，大声尖叫的人是我。然而，大声尖叫也无济于事。

真是太恐怖了。虽然恐怖，但是该怎么说呢？和一般世间所谓的恐怖略有不同。比如说，恐怖见闻中所说的拿着砍刀的杀人恶魔肯定是非常恐怖的，非法闯入别人的家里，弄不好就会被杀掉。野兽也是很恐怖的，碰上了可能会被吃掉。就算是虫子，也有让人毛骨悚然的时候。

可是，脸的话……

会不会是人偶之类的东西呢？

话虽这样说，可我真的没有勇气伸出手去触碰它。换作是谁也不会想去碰它的吧？

我想找一个棍状的东西捅捅看，可一到这紧要关头反倒是什么都找不到了。拖布、晾衣竿我家都没有，连一把直尺都找不到。

可是……不，那一定是一个人偶。

那个，是人偶吧？我是这样觉得的。对，就当作我是这样觉得的吧。

它是那样扭曲，一动不动，而且如此巨大，根本不可能是人。

不管这些了，还是先睡吧。和我一样经历过这种事的人可能也没有几个，因此也不好说什么，不过我觉得即使换了别人也会采取和我相同的做法。

何况夜已经深了，叫不来人也没有什么地方可以去的话，也就只能继续睡觉了。当然,我也可以在三更半夜里惊慌失措地跑到大街上去,或者去敲邻居家的门来寻求帮助。可是,跑到大街上实在让人难为情。再者,我和邻居也不熟,半夜里把人家叫起来,以后的邻里关系还怎么处啊。

那张大脸也许只是暂时出现在我家,而与邻居的相处可是要一直持续下去的啊。当时我就是这么想的。

话虽这样说,可我还是没有办法睡在那张大脸上面,只好睡在沙发上。那会儿我觉得只要能挨到第二天早晨肯定会有办法的。正所谓船到桥头自然直嘛。

然而,现实并不会像童话故事里那样有着巧妙且理想化的情节发展,那种想象中的"预定的和谐"的后续在这个时候反倒迟迟不来。

到了第二天早晨,我冲了个澡,然后又洗了一遍脸,接着为自己冲了一杯咖啡。总之,就是预感到了自己不想接受的现实可能已经在那里等待着,而自己也感觉到这种预想很可能就会变为现实,我的所作所为只不过是在一而再再而三地拖延着确认自己的预想会不会成真罢了。

马上就快到上班时间了,我怀着轻松随意的心情向床下望去。

说什么轻松随意,当然是骗人的,我是强装出来的。

必须让自己怀着轻松随意的心情这种想法本身,说明我的心情已经足够沉重了。

真是太糟糕了，一片白花花的棉花糖似的大脸，到了早晨依旧老老实实地待在那里，纹丝不动。

而且不单单是待在那里，它竟然还眨了两下眼睛。

不是人偶，不是工艺品，不是动物，不是错觉，也不是梦境。确实有什么人在那里。到底是谁呢？我也不知道。

我……还是去公司吧。

那时候，正赶上公司一个项目的收尾阶段，怎么可能因为床下有一张巨大的脸就请假休息。

什么醉心于工作啊，责任感强啊，工作狂啊，和我都不沾边儿。我也不是怕休息了被上司责骂或者担心年终奖金考核什么的。总之，就是无可奈何吧。

如果是家里的水管破了，又或者是煤气漏了，如果是这种事故的话我当然可以理直气壮地申请休息。

水管也好，煤气管道也罢，上司批准的时候都是一样的不快。在这种紧要的关头申请休假的话，即便是什么不可抗拒的灾难，考核的时候也会按普通休假来处理的。

但是……

"非常抱歉，我家的床下有一张巨大的脸。"难道要我打电话这样说吗？

再说了，就算休息了我能怎么办呢？打电话去找那些专业除虫害的人？要不，我还是和它谈谈吧，请它从床下出来，一起喝杯茶也好。

床下的人

可我是逃出来的，就是为了能够推迟处理这件事。

我没有和任何人说什么，也没法说什么，只能默默地工作着，但是精神却怎么也集中不起来。表面上看起来与平常的工作状态没有什么两样，这也强有力地证明了我平日工作时就三心二意的。总之，我就这样心神不定地度过了一整天。

故意加了一个完全没有必要的班之后，和同事在一家居酒屋吃了晚饭，还喝了些啤酒之类的，然后就回家了。这次我直接走到床边，连外套也没有脱就直接俯下身来查看。

我看见了，那张脸不见了，但是，后脑勺还在那里。看样子是睡着睡着翻了一个身。它果然是非常柔软的。这家伙似乎还长着头发，虽然有些稀疏。身体的样子仍旧是个谜，不过我觉得和那张脸比起来，身子应该会更小一些。

我——彻底困惑了。

它能动，说明还是活着的。虽然身体构造比较奇特，但总归是人吧？

这种情形下，我竟然说了句"不好意思"来作为开场白，怎么都觉得有些滑稽，我举手投降了。

简单地说，我已经接受了眼前的这种状况。

惊恐、慌乱、发狂、错乱、尖叫、逃避、恍惚、苦闷……诸如此类，遭遇到这种非常规事态时一般人会采取的行动，被我用简简单单的一句话就全部放弃了。

"你是谁？"

这是我的第二句话。

它没有回答，那个不知道是谁、长着一张巨大的脸的家伙，就像是超市里结账口旁放的大福饼一样，摊成一片躺在那里一动也不动。

嗯，自己虽说已经接受了现在的状况，可这真的不是什么令人神清气爽的情景。难受还是难受，那之后的好长一段时间，我都睡在沙发上。

我好像并没有想到要去父亲生前的卧室里睡。父亲去世之后，房间被改装成了榻榻米式的，没有床，只有几套被褥在那里，我一直把它当作客房来使用。虽然这么说，我的朋友来的时候经常是坐在客厅里叽叽喳喳就到了第二天早晨，所以他们谁也没住过那里。住过那个房间的大概只有亲戚里的叔父夫妇。

于是，我一点一点开始了与床下那个人的共同生活——因为它没有死，所以可以称为生活。它躺在床下一言不发，估计也不会从里面出来。

应该是出不来了，感觉好像被卡住了。

我既不和它说话，也不去触碰它，只不过每天依旧要看上一两次。

嗯，还在那里。

不知道哪天就突然消失了——这种好事一直也没有发生。

而我还是像以前那样平平常常地工作，普普通通地生活。

床下的人

除了睡在沙发上以外,我的生活圈子和生活习惯都还和以前一样,没有任何变化。这些就是我的日常状态。

可是,还没到一个星期我就崩溃了。

因为我浑身上下都疼得不行。我家沙发的长度微妙地比我的身高短了一截,我只好把扶手当作枕头,可扶手又微妙地高出一截,搞得我脖子酸痛。一定是落枕了。

大概从第六天开始,我就回到了那个底下有个不知姓名的长着大脸的家伙的床上去睡了。太久没有睡在床上,躺上去真是太舒服了。不过内心的不舒服却还是那样,没有一点变化,因为床下还躺着一个陌生人。

不过,这样一来我的生活就完全恢复到了之前的样子,就是我发现床下的人之前的样子。在我发现它之前,也许它就已经在那里了,从这个角度来看,可以说是完全恢复到了以前的样子。

床底下的人,偶尔也会发出一些声音。

比如"嗖""咔嚓""吱吱"之类的声音。还有呼吸声、咳嗽声。我始终没能习惯这些,总觉得有些瘆得慌。

过了大约一个月,我突然有了一个想法——让谁来看看吧。

如果让别人看到床下这个人,他们会怎么觉得呢?会说些什么呢?会有什么样的反应呢?

对于这个,我非常感兴趣。

不过在那之前，在这种情况下还能泰然处之的我，是不是也够不正常的了？我不禁这样想。

被我选作牺牲品的既不是同事也不是朋友，而是专门找来的人。

"我想把这张床挪个位置。"我这样说道。

"我一个人搬不动，也没有什么人能够帮忙。"——这当然是不折不扣的谎言。只要我想找的话，还是会有很多人愿意来帮忙的。如果一点点往前拖的话，我自己一个人也是有能力挪动它的。

就像广告上"马上上门服务"写的那样，钟点工很快就来了。一位二十多岁的褐色头发的小伙子和一个四十多岁的无精打采的老头子。

"啊，就是这张床吗？这么一说小姐你找我们还真是找对了，您自己可挪不动它。您看它看起来好像是小号双人床似的，实际上大小都和大双人床差不多了。"老头子这样说着。而小伙子则问我说："搬哪儿去啊？"

"搬到窗户那儿去。"我指着那边说道。

"原来这样不挺好的吗？正好能够照到西面的阳光，如果搬到那边去的话就变成北枕[1]了。"

---

[1] 头朝北睡，头朝北停放。因释迦涅槃时面朝西，头朝北，故佛教有将死者头朝北停放的习惯。

床下的人　77

有一种鱼也叫作北枕[1]吧？无所谓了。

两个人分别抓住了床的两端，"哟，还真挺沉的呢。"

不用看看床底下吗？算了，既然已经抬起来了，就那样吧。床底下肯定还粘着一个人。现在如果被他们两个看见，说不定一失手床就掉下来了，要是受伤了的话就麻烦了。

"一、二！"两个人合力把床抬了起来，可是床下面只有灰尘。不，等等，我还找到不见了很久的圆珠笔，还有叠得整整齐齐的手帕。

"呵，您这床是什么特殊材料做成的吗？怎么这么重啊？哎哟呵……"

当然重了，下面还附着一个人哪。

我没有回答他的问题，只是一味地朝床下望去，床底下的人像是动物园里的树懒一样，紧紧地抓着床板。

用一双令人意外的小手抓着。

终于看到了它身上穿的貌似是衣服的东西。那是一件印着花纹的衣裳。

"放到这儿就行了吗？"

——这就要放下来了吗，会不会碰到它啊？

"慢点，慢点，一、二！"

床被放下来了，两个人好像什么也没有察觉。我还以为他

---

[1] 此处的北枕指的是水纹扁背鲀，河豚的一种。长约20厘米，鱼皮有剧毒。分布于日本的本州中部以南。

们放下来的时候会感觉有些软绵绵的呢。老头儿把床向里面推了推,想让它尽量贴靠在墙上。可这样一来一定会扭到它的。

就为了以上的这些,我花了整整七千块。

那两个人走了之后我赶紧趴到床下去看,它的脸果然扭曲得更厉害了。左眼睁得老大,连眼白都开始露出来了。

它躺在那里,嘴一张一合的,这样重复了两三次。

"实在抱歉啦。"它终于开口了,听起来似乎是个女人。

"没什么的,只要你不做什么坏事的话。"我这样回答道。

不知道是因为北枕不吉利还是因为靠在窗边,从那之后我开始每天晚上莫名其妙地辗转反侧、难以入眠。可能是因为侧过身来的时候眼前的模样已经改变了吧,我自己是这样认为的。这种情况总会渐渐习惯的吧,实际上还没过一个星期,我就已经能够每天夜里安然入睡了。

问题是家具的位置。

随着床的位置的移动,家里的其他家具的布局也不得不改变一下了。继续这样下去的话,不仅看起来不自然,使用时也不方便。这可真是件麻烦事,我绞尽脑汁,左思右想也没能想出一种令自己满意的布局。

可是不实际挪挪看的话,是没办法知道每种布局方式的好坏的。餐具柜、电视机等,要把这些东西全部移动一遍的话可是很大的工作量,这些东西要比床重多了。

当初请那两个小时工帮忙就好了,即使把这些东西全部

床下的人　　79

都移动一下,估计也还是那个价钱。不过,我当时并不是为了给屋子换个布局才找他们来的,我只是想让他们看看床底下的那个人。

说实话,现在我真想把床挪回到原来的位置去。可是事已至此,我恐怕只能将就了。自己一个人慢慢地拖拖拽拽倒是也能挪回去,可那样的话,床下的它又会被挤压到。

就这样,我又将就着过了一个月。

直到有一天,床下的人突然哭了起来。

抽抽搭搭,没完没了,吵得人心烦,让人在意得不得了。

我没对它做什么,也没对它说什么,也根本没什么可以说的。那到底是为什么呢?

我不在家的时候,它肯定也是这么一直哭着的。证据就是我刚一进屋就能听见它的抽泣声,来到床前的话那哭声听得就更清楚了。

这哭声穿过床板,穿过弹簧,穿过垫子,穿过褥子,最后穿过枕头,钻进我的耳朵里。

别哭哭啼啼的啦!烦死人了。

烦死了,烦死了,哭得人心神不宁的,声音又吵,吵得人难以入睡。

"你到底哭什么啊?

"你倒是说话啊!

"话说回来,你究竟是谁啊?

"你是谁啊!"

我就像一只猫那样,想要驱赶走另一只猫。俯着身子趴在地上,高高地挺起腰来,恫吓着,怒吼着。

接下来……我的手……

伸进了床下。

"你给我出来!"

我的指尖,终于触碰到了它。

果然是非常柔软的,和我想象中的一模一样。

我倏地抓住了它,不,看样子它是不想出来。

"啵——"竟然是这样的声音。好像没有牙齿的样子。

我松开了手,站起身来,默默地走到房间的角落,双手抱膝坐在那里。

"你就永远待在那里吧。"说出这句话的同时我感到一种莫名的悲伤。

它依旧沉默着,没有回答。

成人礼

事先声明,以下故事,纯属虚构。

其实"真实的故事"这种东西,也就是大致上可以被认为"真实发生过"的"故事"而已吧。即便那些故事是叙述者和记录者的亲身体验,恐怕也无法证明那就是真实发生过的事情吧,更何况是一些不着边际的传闻了。暧昧不清、模棱两可地转述几次以后,事情的真伪就更加难以分辨了。

从根本上来讲,想要把客观事实用语言文字原原本本还原出来这件事本身就是一个不可能完成的任务。一切的体验,都是在普遍存在的主观性理解的基础上被信息化的。"我看到……""我听到……"如果没有办法从诸如此类的信息中将"我"这个本体抽离出来的话,也就没有办法筛选出真正意义上的"客观事实"。只是片面地抛弃了"我"的"亲眼看到"和"亲身经历"都是无法成立的。然而,排除了一切主观的感想和解释之后,剩下的完全客观的"亲眼看到"和"亲身经历"从"故事"的角度来说,无疑又将是乏味而无聊的。

因此，我下面所要讲述的故事，也就很难称之为"真实发生过的故事"了。

我手头有一篇小学生写的作文，明显的错别字和语法上的错误，我已经做了最低限度的修正。

  人偶的道具   四年三班□□□□□

三月三日是雏节[1]。雏节的时候要供奉古装人偶。我最喜欢的人偶是"五人演奏"[2]。五个人里有敲太鼓的，有吹笛子的，一个个栩栩如生却又如此小巧玲珑。只有在摆放"五人演奏"的时候，我才会央求说："让我来摆，让我来摆。"祖母和母亲虽然都说我碰到人偶很不吉利，但这个时候也只好说："真拿你没办法。"然后任由我去动手摆弄它们。当然，如果弄坏了或者弄丢了的话就大事不妙了，所以我只能小心翼翼地去触碰这些人偶。摆放完毕之后，就只能在收起来的时候再见到它们了，所以我每次都故意慢吞吞地摆放着。能做出这么小的笛子和太鼓的人真是太了不起了，我这样想着。

空白的部分用红笔写着以下的评语，看起来是这孩子的

---

1 即女儿节，日本五大节日之一。于三月三日这一天陈列偶人，上供白色甜米酒和桃花等，也称桃花节。
2 女儿节时装饰在阶梯式台上、五人一组能演奏能乐（一种日本传统艺术形式）的儿童木偶。正面从右向左依次为谣曲、笛子、小鼓、大鼓和太鼓。

成人礼 85

班主任写的。

"能做出这么小的工艺品的工匠技艺真是高超啊，□□的家里有一位小妹妹吧？是和全家人一起摆放好人偶来庆祝节日的吗？"

没发现什么特别怪异的描述。大部分的内容都是泛泛读过就忘掉的吧？

接下来刊登的是一篇高中生写的文章。这篇文章被刊登在一个油印出来的，并且用订书机订好的粗糙的小册子上。封面上写着学校的名字、年度，以及"文学俱乐部作品集 VOL.1"字样。不过看起来并不像是兴趣爱好小组和俱乐部之类的活动，应该是作为一门正规课程而存在的。以下行文中的字母代号都是原文中使用的。

奇妙的盒子　　二年C班○○○

我以前在县内最靠近大山的S中学读书。从S中学毕业后进入M高中的人非常少。如果想进入公立高中，大体上都会选择H高中。不过大多数人都去报考私立高中了，所以H高中也是一派门庭冷落的样子。

我中学三年级的时候，正赶上家里的房子迁址重建，于是我就机缘巧合地进入了M高中读书。年级里从S中学升学上来的只有我自己。

S中学离县里特别远，所有的学生基本都是来自S小学的。

在那里，我有一个从小学就十分要好的朋友，叫作A。

我和A是小学五年级和六年级时的同班同学，到了中学后虽然被分去了不同的班级，但是彼此十分投缘，两个人还是每天混在一起。我们玩耍的地方一般就是公园和山上。上了中学之后就经常去我的家里玩，不过倒没怎么去过A的家里，我能记得的只有一次。

那是初三的时候，时间大约是六月份。放学的途中突然下起了大雨，我们为了避雨跑去了他家。那是一座用砂浆水泥盖成的陈旧的二层小楼。虽然放学的途中有很多次都路过这里，可真正进到屋里还是头一次。貌似A曾经说过家里有一位卧病在床的祖母，不方便去家里玩之类的话。

可是那天A的家里谁都不在，我问了A，他告诉我说："祖母住进了医院，妈妈为了照顾她整天都在医院里陪护。"

由于是第一次到他家，心里不免有些紧张，进去之后便发现屋里的陈设非常普通，与一般的家庭并没有什么两样。A的房间在二楼，屋里摆放着许多塑料模型和人偶。我知道A喜欢画画和制作模型什么的，所以对于这些并不感到惊讶。相反，A的房间竟然如此狭小倒是令我吃惊不已。架子和桌子占据了房间里大部分的空间，简直连坐的地方都没有了。估计这房间大小也就是三叠[1]左右。

---

1 叠，即张。计算榻榻米数量、表示房间大小的量词。一叠约等于1.65平方米。

那段时期,我正住在一栋临时的公寓里,然而,我的房间却比这里宽敞多了。看来这里的确不是什么适合玩耍的地方,我心里不禁这样想。"到了晚上,我就去一楼的佛堂里睡了。"A这样说完后接着又说,"现在没有人在,所以去那里也没什么关系,不过总是觉得不如这里舒服。"

听他说,一楼除了客厅、厨房和佛堂之外,还有他父母的卧室和祖母的房间。自从他的祖母卧病在床以后,除了吃饭的时候,其他时间他都不会待在一楼。

"嗯,这倒也正常吧。"我当时只是这么觉得。在病人的卧榻旁边玩耍当然是不行的,即使病人有一天不在了,这种念头还是会存在,并且经年累月之后已经成为一种习惯。A对我说:"挤是挤了点,随便坐吧。"然后拉了把椅子给我。"我去给你拿瓶可乐吧。"说罢便向楼下走去。

时间过去了很久,A还是没有回来。我开始觉得有些奇怪了,A家的房子不可能是这么小的。光是一楼就有那么多的房间,二楼不可能只有一间三叠的小屋。不,二楼一定还有其他房间。A是独生子,没有什么兄弟姐妹。然而,他却蜗居在一间如此狭窄的小屋里,无论如何都让人觉得有些蹊跷。

我悄悄地走出了这间屋子。

A的房间的旁边就有一扇门。就在走廊中间的位置,有一扇拉门。我朝那里走了过去,轻轻地拉开了它。

这间屋子让我觉得起码有十叠以上,屋里摆放着一个放随身物品的小橱柜,一个和式衣柜,几个装衣服的箱子,一个行李箱,还有很多衣服挂在架子上。我想这里大概是一个衣帽间吧。有如此多的衣服,的确是需要有一个这样大的衣帽间。"他家会不会是开服装租赁店的呢?"我暗暗猜想。因为这里的衣服不但数量很多,而且大部分是女装,还有很多是小孩子的,可是A的家里并没有女孩子。

但是据我所知,A的父亲是在工厂里上班的。更何况租衣店怎么会开在如此偏僻的地方,而且连个招牌也没有。"可能是寄放着一些亲戚的旧衣服吧。"我只能一边这样默默揣测着,从房间里退出来,一边拉好拉门。接下来,我又走到A房间旁边的另一扇门前,手握把手准备推门进去。

这时我感到一丝罪恶感,于是便在心里安慰自己说:"反正都说没有别人了,只是参观一下房间而已,也没有什么大不了的吧。"

推开门望去,这是一间摆放非常整齐的六叠大小的房间。屋里有一张床、一张桌子和一个小号的柜子。和A的房间简直是天壤之别。"咦?为什么不住这个房间呢?"这是我的第一反应,不过很快我就改变了自己的想法,这也许是别人的房间吧。因为无论怎么看这都是一个女孩子的房间。可是,我有一种异样的感觉。这屋子里有什么东西在隐隐约约地散发着一股臭味,说不清是灰尘的臭味还是生活垃圾的臭味,总之就是那种味道。我的直觉告诉我这间屋子并没有人住。再仔细一看,果然发现桌子上积满了灰尘，空气也有些混浊。

接下来我的视线落在了桌子上摆放着的一个金属盒子上。

不知什么原因，在一种突如其来的奇怪冲动的驱使下，我快步走进了屋子。走近一看，原来是一个装海苔用的盒子。就是那种银色的扁平的方形盒子，上面的商标已经被揭掉了。在强烈的诱惑下，我拿起了这个盒子。摇晃起来时能听到"哗哗"的声音，看起来里面装有某种液体。

我又重新把盒子放回到了桌子上，想小心翼翼地把盒盖打开。然而这并不是一件简单的事，声音太大的话就会引起A的注意，用力太猛里面的液体也有可能会溢出来，只能一点点地用力。好不容易把它打开了，一股恶臭马上扑面而来，那是一种什么东西腐烂了之后散发出来的腥臭味。

盒子里面装满了污水，里面泡着一只好像是某种巨大鸟类的雏鸟样的东西。感觉就像是那种把即将要孵化出来的蛋打破之后拿出来的那种半成形的雏鸟（虽然我并没有见过这种东西），旁边漂着的好像是它的内脏。房间里有一点暗，而我也有一些慌张，具体的细节自己也不太记得了。那一瞬间我就觉得它是某种雏鸟，并没有注意去看它是否长着喙。

我感觉有人顺着楼梯上来了，于是赶紧盖上了盒子，回到走廊里。在我把门关上的同时，我看见了A的脸。

"不好意思啊，可乐没有了，我给你冲了杯可尔必思。"A这样说着，然后看着我的脸。突然，他表情变得很僵硬，问我：

"你进去了?"我赶紧摇着头说:"没有啊,这个房间是做什么用的?"A只是轻描淡写地说了句:"没什么用。"之后就不怎么说话了。窗外的雨也小了,我就回家了。

那次之后,我和A聚在一起的时候就少了,这其中自然有需要备战升学考试的原因。

A去了别的县的私立学校,至今和我也没有什么联系。听说他从家里搬了出去,寄宿在学校附近。他家至今依然在那里,我每次去亲戚家的时候都会路过那儿,但是我不可能去按人家的门铃,然后问他们那盒子里到底装的是什么,于是那次的体验就这样变成了未解之谜。那到底是什么呢?(终)

关于这篇《奇妙的盒子》,也许我们可以简单归结于一篇中学生创作的幼稚的文章。的确,它离小说的程度还差得很远,主题并不鲜明,甚至连描写的手法都是平庸的。把它当作一篇小说来读的话,它的行文是很不流畅的。当然,我并没有打算强调情节和主题等要素是文学创作的必要条件,因为,以这些为依据的话是绝对无法断定一篇文章的优劣的。可是即便除去这些因素,这篇文章恐怕也难以称得上是一篇优秀的小说。

我个人认为,如果是文学创作的话,完全可以多加进去一些虚构的情节,或者叙事更为跳跃一些。

从另一个方面来说,这篇《奇妙的盒子》给人的印象更加贴近近期比较流行的所谓的"实录怪谈故事"这一流派的风格。这种风格提倡的是"原则上基于事实的叙述，或者以事实为前提的接纳（也许故事本身并不是恐怖的，但却能够为读者带来一种与之类似的情感）"。

但是我相信这应该是属于无心插柳柳成荫的结果，并不是作者刻意而为之的。比如，作者在进行创作的时候，固有名词的字母缩写这种技法是否属于一般性的写作技法被广泛使用呢？使用这种方法无疑是想向读者强调故事的真实性。而这种"将虚构的故事真实化"的写作技法，是在更晚一些的时候才开始被广泛应用的。

也就是说，我们之所以能够从这篇《奇妙的盒子》中读出"实录怪谈故事"的韵味，无非是由于我们对于这种在各种娱乐表演中衍生出的表现方式太过熟悉，以至于过度解读了这篇文章而已。

这本叫作《文学俱乐部》的杂志，虽然标榜着文学艺术，里面刊登的作品却大多是身边的日常琐事，真正能够称得上小说的作品不过一两篇而已。

《文学俱乐部》并不是一个文学团体的名称，而是一个以写作为主要内容的选修课程的成果文集的名字。里面的内容貌似是收集了学生们不限题目、自由创作的所有文章。

这篇叫作《奇妙的盒子》的文章（多少带有粉饰和夸张的成分），也可以被认为是其中一篇单纯讲述自己亲身经历的作品吧。

当然，它讲述的故事到底是真实发生过的还是虚构的我们已经不得而知了，但是至少作者是把它作为自己的亲身经历来写的。

把小学生的作文和高中生的作文罗列在一起到底有什么深意呢，让人费解的地方很多吧？实际上，乍一看毫无关联的两篇文章，是有着内在的联系的。

让我们从结论开始说起吧。写出《人偶的道具》这篇文章的小学生，正是在《奇妙的盒子》中出场的人物，也就是作者的朋友——A。

那么……这两篇文章都是偶然出现在我面前的吗？怎么会有这种事？

这两篇文章是我的朋友费了很大的力气给我找出来的。

这里顺便说一下，《奇妙的盒子》一文的作者六年前就已早早地离开了人世，文章是在征得了家属同意之后刊登出来的。

另一方面，《人偶的道具》的作者A和家人已经搬走了，新的地址无从知晓，更无法联系到他们。幸运的是，当时担任A的班主任的那位老师尚在人世，我们立即与他进行了商谈并且取得了刊登那段红色批改文字的许可。

那之后，我们根据那位老师回忆出的线索展开了调查，成功找到了A的一位远房亲戚。不出所料，A全家处于音信不通的状态已经十年以上了,没人知道他们现在的住址。但是仅仅从《人偶的道具》的文中内容是无法断定当时具体的地点和年代的,所以在保证决不透露任何足以推断出本人身份的附加信息之后,我们总算是拿到了刊登这篇文章的许可。

那么,我的朋友(姑且称之为B)为什么要特意去收集这两篇文章呢?

B是A大学时代的同窗好友。而且,B曾经在前文提到过的A的家中借宿过一夜。以下的事件是B亲身经历过的。不过这件事的真伪程度也是无法判断的,因为B之前只是说他这样感觉到了而已,从物理学的角度来讲并没有发生什么。连他自己也分不清到底哪些部分才是真实的。在此,我们只能尽可能忠实地去记录B的描述。

"我可不想去参加什么成人礼。"我就是这样想的。

于是我决定出去旅行,没有目的地的旅行,是这样讲吧。其实并不是这种听起来很酷的事,只不过是出门透透气而已。不,这么说好像也不太贴切,我只是单纯地不想待在家里罢了。不过你也知道,我这人没什么朋友,连能陪我一起散散步的朋友都没有。

总之,我先去银行取了一点钱,手头有这些钱应该足够了。清早起来在桌子上留了一封信之后,我就奔向了离家最近的车站。到底要去哪里,姑且等到了那里再做决定吧,大概就是这个样子了。不过，从离家最近的车站坐车出发还是显得有些寒酸。

然后，我就在车站的站台上碰到了A。

因为他住的公寓离我家很近。那之前我竟然一点都不知道。其实我和他并不是很熟络，只是大学在同一个学习小组。所以我才会说自己没什么朋友。A对于我来说也仅仅是知道长相和名字的泛泛之交而已。尽管如此，见面连个招呼都不打总是说不过去的，于是我走过去简单地问候了一下之后又寒暄了几句。

A说自己正准备回家探亲。正月的时候似乎因为打工没办法回去，所以想在大学正式开学之前回家待上一段时间。说起来，A和我同岁，按理说也需要参加成人礼的。

因此，我便顺理成章地认为他回去会顺便参加成人礼，他却告诉我他不会去的。

"我老家这几年变得越来越人烟稀少了，听说成人礼也只是选择在一些比较大的街区集中举行。最近的一处距离我家所在的村子坐电车也要好几站地，我可不想去。"A这样告诉我，"再者说，那里本来也没有什么我想见的朋友，儿时的玩伴如今也早已疏远了。所以成人礼什么的，参不参加已经无所谓了。"

这就是A，怎么说呢？说他内向也好，扭曲也罢，这种扭曲的倾向和我非常相像。不过这些说到底都是我对他的印象，虽说两个人还没有到意气相投的程度,不过也很难得地畅谈了起来,反正我还没有决定接下来要去哪里。

我终究还是错过了和他分开的机会,虽然这种说法很奇怪。

聊天的时候听他说起喜欢动漫手办。那时候的动漫手办可不像现在这么多,我记得还没有像"WonFes"[1]这样的展览会,不过不知道那时是否已经有了高达的塑料模型。即使有的话,我想肯定也没有现在的模型精度这样高。虽然这么说,其实我对这些东西也不是很了解。A说他是从雏节的人偶开始喜欢上这些的,还有就是自己已经长到很大之后才知道原来雏节是女孩子的节日,大概就是这些。

坐了半天车,不,其实是坐了整整一天的车之后,我来到了A的家乡。

眼前一派萧条冷清的景象,什么都没有。车站又小又破,而且脏兮兮的。说起来这里既不是什么观光景点,也没有温泉。街上的店铺半数都关了门,可能是因为我们到达这里已经黄昏时分,所以卷帘门都已经拉了下来。真的是昏暗得很,我说的是这气氛。

我想,住宿的地方总该有吧,没想到再次失望了。

"能在您家里借宿一晚吗?"我真的不记得自己这样说过。

---

[1] 全称为"Wonder Festival",日本大型动漫手办展览会之一。

那么,是不是他主动邀请我去他家住的呢?时间过去那么久,现在也无法判断了。

他和我说过他的家里现在只剩下父亲一个人了,母亲好像在去年离开了人世之类的话,我也没有过多去问这些事。

从车站出来大约走了二十分钟吧,我们来到了一个陈旧的二层楼前。它的旁边是一座木制的空房子,看样子已经废弃了,房子的身后有一座小山。房子的墙被熏得漆黑,上面还有几条裂缝。毕竟之前和他没什么接触,只是今天才稍微变得有些熟络起来,然后就跑到人家家里去住,多少还是有些放不开的。可事到如今已经没有别的办法了。如果乘电车再往回坐几站的话,那里的街上倒是会有一些旅馆酒店之类的,不过怎么说才好呢,木已成舟了吧。

真是够郁闷的。

不,这也是与当时的气氛相吻合的。说悲观厌世不知道是否恰当,总之就是这一类消极负面的气氛。

A还是老样子,无精打采的。开门进屋之后,只简单说了一句:"我回来了。"他的父亲就从屋子深处走了出来——对了,那时候还是五十多岁吧,但是看起来却十分苍老。腿一瘸一拐的,据说是因为受了伤没办法继续工作了。他的头发蓬乱着,长着邋里邋遢的胡子,穿着打扮也是——这样说也许有些失礼,不过真的不太干净。A对他说我是他的朋友,今晚想在这里借宿一宿。

他的父亲也是一个冷漠的人。只说了句："借宿？可是住哪儿啊？"连句礼貌的问候也没有。接着又说："祖母的房间里摆满了东西，而且脏得很，没办法给别人住的。"A对他说自己会去祖母的房间里住，让我住佛堂里。

　　他说是佛堂，我当然就以为里面是有佛龛的，但实际上并不是这样。进了房间之后一看，嗯？这是一件裲裆[1]吧？不过，我对这个真的不太熟悉，看起来又好像一件女式的春装和服，装饰在一进屋就映入眼帘的显眼位置，又好像不是为了装饰才挂在那里的。看起来似乎非常高级。当然，我并不了解和服的价钱，我只能说那真是件就算是外行人也能看出来的好东西。花纹呢，究竟是绣上去的还是染上去的我也不大记得了，没有太仔细看。下摆的位置印着传统玩具模样的花纹，我记得有纸糊狗[2]，还有拨浪鼓。

　　看到这个之后，A微微皱了下眉头说道："这是什么啊？"他的父亲说："没办法啊，马上就到成人礼了。"说完之后父亲稍微顿了一下，接着又说："还在这里的。"这句话真是让人摸不着头脑。

　　那件和服的前面有一张小桌子，上面摆放着酒菜。我以

1　即裲裆长罩衫，日本近世武士家中妇女礼服的一种。套在和服外，拖着下摆。现用作新娘结婚时的礼服。
2　日本用纸糊做的形状似狗的乡土玩具。自室町时代开始流行，用作孩子的辟邪物。

为那是要给我们吃的呢，可我们并没有吃。我和 A 又回到了车站前，好不容易找到一家还开着的荞麦面馆，各吃了一份难吃的炸猪排饭。回到家之后，之前摆放着的小桌已经被收拾走了，被褥也铺好了，不过墙上的和服还是像原来一样挂在那里。

我就住在那样一间屋子里。

要是睡着了的话倒还好，可是挑剔起来真是不好意思，那屋子里有一股奇怪的味道。

是香的味道吗？在屋子里焚香之后被熏染出的味道。不，也有可能是那件和服散发出来的味道。如果只是这些就好了。那种味道里混杂着有点像是鱼的腥味，可是又不像是馊了之后发出来的腐臭味，似乎还有一股腥膻的味道。一种难以形容的臭味在房间里幽幽地飘荡着。

真讨厌啊，我心想。可是自己已经累得够呛，于是就那样睡着了。

嗯，我认为自己肯定是睡着了。既然是睡着了的话，那之后的事肯定都是在做梦了。

有什么东西从二楼下来了，没有任何脚步声，也没有东西在地板上拖动的声音。

比如，我们经常能够在恐怖电影里看到的那种桥段，有什么东西一边发出抹布擦东西似的沙沙的声音，一边靠近。我并没有听到这种声音。也没有呱嗒呱嗒的声音。也就是说，我

成人礼　99

没有关于那时候的声音的记忆。

但是,我还是能够感觉到有什么东西从二楼下来了。如果称之为一种"气场"的话,或许略显陈腐,也让人难以理解。你肯定会问"气场"又是什么东西呢?可我深深地坚信就是那样的一种东西。

说到底也不过只是一场梦罢了。

那东西顺着楼梯走了下来,然后穿过了客厅。我立刻回想起我从进入这个房子开始一直到自己现在正躺着的佛堂为止所经过的路线,这一场景在我的脑海中反复浮现。虽然还不知道那东西的正体到底是什么,但我确实能够感受到它正在一点点地向我靠近。

那个时候的我就是那样觉得的。

或许还称不上恐怖吧,不过心跳加速肯定是有的。怎么说才好呢,每个人都有那种不想把自己的皮肤直接裸露在外面的瞬间吧,虽然并不觉得会怎么样,但还是抗拒与外界的直接接触,就是类似这样的感觉。屋子里面是出人意料的暖和,所以我将被子卷了卷,把脚露了出来。我没有把家里的睡衣带出来,只好穿着内衣内裤直接钻进了被窝,并且把脚露在了外面。

彼时彼刻我脑海中想的是:好想重新盖好被子啊,让自己的双脚再回到被窝里来。可是我已经动弹不得。

我并没有被鬼压床,只是睡着了而已。已经睡着了的话,没办法随意动弹也是理所当然的事吧。

接下来……我感觉到有什么东西进到了屋子里。

那是一团圆圆的、很柔软的东西。我并没有亲眼见到它,因为我已经睡着了。我们姑且把这些当作是在梦里发生的吧。在梦里,那团东西正穿着那件原本挂在我枕边的和服。既然用了"穿"这个词,那么它应该是个人才对,可是在我的印象里,无论怎么看那都像是一个剥了皮的煮鸡蛋大小的东西。抱歉,请允许我再强调一遍,我并没有亲眼见到它。

它一点一点地靠近了我的脚,最后爬了上去。滑溜溜的,不,应该是黏糊糊的才对。那一刻我真想大声尖叫,但是我完全没办法动弹。正当我在心里不停地说着"不要啊,不要啊,不要啊"的时候,它倏地钻了进来,钻进了我的被窝。

感觉上好像是一个裸体的女人钻了进来。真没想到,触碰起来竟然是女性皮肤的感觉。它就这样紧贴着我。

这真是太让人难为情了。

它肯定不是人,因为它是圆的。我不知道它有没有手和脚。我所知道的是它的表面非常光滑,摸起来像是人类的肌肤。我紧闭着双眼,四周也没有任何声音,我只能凭借自己的嗅觉和触觉来感知这一切了。

我闻到了一种味道,一种雌性的味道,这样说或许不太文雅。

在那种状态下,不,这实在是让人有些难以启齿,我竟然变得情欲高涨起来,对那个,那个不知道是什么的东西。

然后,我就和它发生了关系。

不,那不过在梦里而已,也就是所谓的春梦。人在更换了环境之后就会相应地变得紧张或者兴奋起来,与之相反,身体就会很疲惫。

因此才会做那样的梦。

但是,那真的是一个栩栩如生的春梦。感觉上就像是在黑暗中真的和一个女人发生了关系一样。虽说一样,可那毕竟不是真人。没有胸,没有腰,没有手,也没有脚,仿佛是一个用低反弹材料做成的抱枕一样。只是跟动物更接近一些,而且更湿润一些——尽管如此,我根本分不清哪儿是哪儿,就这样稀里糊涂地在梦中性交了,和它。

那或许无法被称为真正意义上的性爱。这个话题实在太让人难为情了。

当时我也感到很难为情。不过更让人难为情的是第二天早晨醒来的时候。

万幸的是被褥和内裤都没有被弄脏,于是我相信那的确是一场梦,也许根本就用不着怀疑吧。

只不过,我醒来的时候发现那件和服从衣纹挂[1]——应该这么叫吧?——上面滑落了下来,掉在了榻榻米上。我以为是

---

1 一种专用于和服的特殊衣架。

我睡觉的时候不老实踢落下来的,吓得我脸都青了。我也不知道怎样才能把它重新挂回去,正当我惊慌失措之时,A的父亲进来了,他只是简单地将它团成一团就拿走了。

紧接着A也走进了我的房间,同样是一言不发,只是紧紧盯着他父亲的背影,说了声:"没变成的反而优先吗?"这句话同样让我困惑不已。之后他又问了我昨晚睡得好不好之类的问题,那些事我怎么可能说得出口,只好撒谎说我睡得很好。

我想继续待在这里也只会徒增尴尬,于是和他们道了谢之后就赶紧离开了。在门口穿鞋的时候,我又回头望了一眼。从身后远处的楼梯上,我感觉到昨天夜里我闻到的那种气味又飘了下来。

我马上坐上电车,直接回到了家里。到家的时候已是晚上,被家里人劈头盖脸地臭骂了一顿。

因此,我没能来得及参加成人礼的仪式,只去参加了之后的庆祝酒会,真有一种不醉不归的感觉。

从那之后,A再也没有来过大学里,再也没有。

就是从那件事之后……

B说他似乎已经将这件事忘记将近二十年了。然而,在他即将步入不惑之年的时候,突然有一天,他将那天的事非常详细地回忆了起来。

事情的转折点就是"实录怪谈故事"。

B在一家出版社工作，简单地说也就是所谓的编辑。不过由于B所在的出版社规模比较小，人手也很少，所以没有明确的部门之分。工作的内容也是林林总总，什么事情都做。图书的种类，也是从文学类的书籍到摄影集，涉猎的范围十分广泛。

　　去年，B开始负责怪谈故事书。出版社突然决定将怪谈故事书作为夏季的热卖商品推出，并且还专门制订了促销计划。不过B的出版社是第一次做这种书籍，无论是B还是整个编辑部都没有任何这方面的经验，可是领导者却认为其他出版社出版的这种书多如牛毛，随便搜集一下应该就可以很简单地做出来。

　　B最开始也把这件事想得很简单。如果干净利落地把书出版，销售量也不错的话，其余的也就没什么好说的了。于是同时和几个作者签订了合同，半个月内就收到了一百多篇作品。可是，这种做法却失败了。

　　同样都是作者，彼此之间却没有互相商量调整一下，以至于写出的很多作品的题材和内容都是类似的，其中还有几篇甚至是完全相同的。更糟糕的是，这些故事读起来让人感觉都是之前在哪里见到过或者听到过的，完全感觉不到恐怖，也不觉得有趣，根本没有加工润色的余地。面对这种困境，B想出了一个主意，那就是找一位有名望的人来担任主编。

　　书的封面上如果能出现一个大众耳熟能详的名字的话，

销售量多少会增加一些吧，貌似就是出于这种肤浅的考虑。指望靠内容来大卖的话看起来是不大可能了，那么靠主编的名望来吸引读者购买，也能取得不错的销售额吧，B想得就是如此简单。虽然这不是什么值得褒扬的事，但是和内容比起来，还是优先考虑了销售量的问题。

坚持不懈的努力终于有了回报，在这一领域内有着很高知名度的一位大人物答应来做主编。B仿佛是受到了巨大的鼓舞，开始跃跃欲试，摩拳擦掌了。

可惜，人算不如天算。有了一个有名望的主编后，书的编写自然就不能像以前那样得过且过了。新主编提出了除实际采访所得的题材以外一律不予采用的新方针，这样一来，他们不得不毙掉了大部分的原稿。然而，新的题材并不会马上源源不断地涌现出来。实际取材后所写出来的原稿里面，百分之八十也都是些毫无恐怖可言的平庸故事，有些是与某些故事类似的都市传说，还有一些只能被认为是对他人创作的模仿甚至是从网上直接搜索出来的。

再这样继续下去的话，夏天马上就要过去了，B拼命地催促作者们赶紧找素材。接下来刊登的就是其中一位作者交出来的原稿。我们在征得了作者同意之后，在这里全文刊登出来。

二楼的窗子

这个故事是我从某市政府社会福利课K课长处听说的。

故事发生在二十多年前，某个月的月末。K那个时候还在一个村子里的公务所工作。现在好像没有这种事情了，那个时候邻近的五个村子会联合起来举行成人礼的。这样做还有一个目的就是为了防止年轻人过多地流向城市，所以村公务所呼吁大家都去积极地参加。虽说如此，町长也好，各个村里有名望的人也好，都只是轻描淡写地通知了年轻人而已，所以来参加的人并不多。为了尽量能让参加的人多一些，主办方准备了一些格外豪华的纪念品。当然，光靠这些纪念品是无法打动那些年轻人的，可那些搞行政的人也就只能想到这种办法了。这样做带来的后果就是剩余了大量的纪念品。

为了将这些纪念品送给那些没有参加成人礼的人，K骑着自行车跑遍了整个村子。

他从公务所的附近开始送起，第三家是在山脚下的一户人家。

上了坡之后他就从自行车上下来了，一边挨家挨户地确认门牌号码，一边向前走着。靠近山的地方有许多空房子，很多年轻人连迁居的手续都没办就离开了村子。

这时候K听到了一种奇怪的声音，他马上顺着发出声音的方向望了过去，不由得大吃一惊。一个中年男人站在院子中间，手里举着一把砍刀。他站在那里一个人自言自语地嘟囔着什么，最后大喊了一声"畜生"，然后挥刀砍了下去，刀砍下去的地方有一个古装人偶摆在那里。他没能正好命中那只人偶，于是他一次又一次挥刀砍着。男人所在的位置四周散落着支离破碎的人偶残骸。K当场感觉到大事不妙。那个男人的目光已经涣散，只顾着一个人站在那里嘴里不停念叨着"浑蛋""畜生"。在K看来，与其说他是神经错乱，还不如说他已经达到疯癫的程度了。

K瞬间觉得大事不妙，想要马上逃走，赶紧离开那里，可是看到了门牌之后他觉得自己没有办法就那样离开，因为那里正是他本次之行的目的地。

要打声招呼吗？或者还有别的办法？K犹豫了起来。

那个男人终于要砍到三人宫女[1]的最后一个了。

"这算什么啊？真是的。二十年了，我们养了你二十年，一尝过男人的滋味了，连亲兄弟都不认了吗？你这个花痴，畜生。都还没长成呢，什么狗屁成人礼！"

男人冲着人偶这样怒吼着，而K早已经被惊呆，说不出一句话来，眼神呆滞地望着那里。人偶的残肢断臂旁，只剩下了内宫偶[2]和雏偶[3]。

当K看到它们时，再一次被震惊了，目不转睛地盯着它们。

内宫偶倒是没什么特别之处，可是雏偶的脸上竟然没有

1　古装人偶的一种，由三个侍女姿态的人偶组成一组。
2　天皇人偶。
3　皇后人偶。

五官，光秃秃的如一颗鸡蛋般，而且看起来非常不协调，不知道是什么地方出了毛病，好像是哪里扭曲了。

"你这家伙，反正是成不了了，笨蛋。"

男人这样骂道，然后挥刀砍向了最后一个宫女偶。这时，从头顶上传来了一种奇怪的声音，K这时才回过神来，缓缓地抬起头，将自己的视线移到了已经开裂的砂浆墙上。一看才发现，原来二楼的窗户正慢慢地打开，一个大肉包子似的软绵绵的东西，一点一点地从里面挤了出来，并且伴随着一股恶臭。

那玩意儿占了半个窗户，又大又圆，连脸都没有，竟然还冷笑了一下。可在K看来，它正在对自己微笑着。K甚至都没有来得及尖叫一声就赶紧转过身去，一溜烟儿地跑回了公务所。

后来向上级汇报的时候，他只好撒谎说第三户人家没有人。而且，从那之后，他再也没有去过那户人家附近。

而纪念品呢，到底还是剩了一个。

B在读这篇稿子的时候，莫名其妙地产生了一种强烈的似曾相识的感觉。那个应该从未见过的手中挥舞着砍刀的男人的容貌，竟然越来越清晰地在自己的脑海中浮现了出来。

那正是他只见过一次面的A的父亲的容貌。这一下子使得B再一次窘迫地回忆出了自己年轻时那次离奇体验的点点滴滴。不知道为什么，他坚信这篇稿子中所写的那户人家就是

A的家。

　　B马上就联系了作者，请他提供采访对象的联系方式。作者对他说，原则上是不可以提供出采访对象的个人信息的。这也是理所当然的。写作这种事一不小心就有可能会严重侵犯到他人的个人隐私，因此作者不得不采取一些避免能够推断出具体地点和个人的写作方式，而且也必须保证为信息提供者保密。

　　既然无法查明素材的来源，那么事情的真伪也就无法查明了。因此通常被冠以"真实的故事"的文章里，大多伴随着诸多的疑点与谎言。可是如果反过来看的话，既然这件事情是我们所不知道的，那么它当然也有可能就是真实发生过的。毫无疑问，这种言外之意所具备的虚实中间构造已经成为"实录怪谈故事"的有效手法。

　　主编也对所有的作者说明过，只要求大家认认真真去取材，并不要求提供素材的来源。他还指导过这些作者说，当取材遇到困难无法进行下去的时候，向被采访者明确说明这一点也是采访的技巧之一。

　　B明明知道这些，可是仍然固执地追问着。那个作者还以为B不信任自己，也就是说他误以为B是在怀疑自己的素材是捏造的，甚至提出了辞去这份工作的请求。

　　那位作者信誓旦旦地对B说，对于其他的稿子，自己是做过一定程度的更改或润色，但是只有这篇《二楼的窗子》自己绝对没有进行过任何的夸张或者渲染。

B当然知道这些,所以只好向那位作者老老实实道了歉,打消了继续刨根问底的念头。

不过,那本怪谈故事书最终还是胎死腹中,因为没能赶在夏天结束之前出版。[1] 最近一直流行超自然现象的书,而书店里无论秋冬都摆着恐怖故事书,所以B坚持认为书受欢迎与否与季节没有什么关系。但是B的上司却并不认同这一点,于是就这样决定这本书延期一年发售。

可尽管如此,B还是因此想起了所有的事。

有些事就是这样,一旦记起来了,就会一直挂怀。心里有事,人就容易坐立不安,于是B在今年正月放假的时候,凭着自己的记忆试着找到了当初的A家。

家里早就已经没有人住了,那里只剩下了一座空房子。

连村子也是这样,虽然还没有完全废弃,但似乎已经没剩下几个村民了。不用说,他们之中没有一个人还能记得起A一家人的。A上过的小学和中学都已经废弃了,去村公务所问了一下得知,他们根本就没办迁居的手续,也就是说现在已经没人知道关于他们一家人的任何消息了。B似乎还想过在县里的市政府逐一排查寻找《二楼的窗子》这篇文章的信息提供者,不过考虑再三还是决定作罢,毕竟涉及作者的信用问题,

---

[1] 在日本,夏天是怪谈故事类书销售的旺季,因为人们普遍认为令人毛骨悚然的鬼怪故事能够在炎热的夏天为人带来清凉的感觉。

不得不让人有所顾忌。

尽管如此，B 仍然没有放弃。经过踏踏实实地多方查找之后，竟然让他找到了 A 小学四年级时的班主任。B 异常兴奋，好像跑过去问了人家很多事，可是不管怎么说都是三十多年前的事了，似乎没有什么特别大的收获。怎奈 B 非但没有因此作罢，反而经过一再恳求、得到应允后到人家的家里搜查了一番。结果就发现了前面刊登的《人偶的道具》这篇作文。

虽然那位班主任老师的年龄已经相当大了，记忆也有许多模糊不清的地方，但是当他把这篇作文退还给 A 本人时，似乎真的遭到了拒绝。而这篇文章之所以还能留到现在，只是因为老师觉得不能因为本人说了一句"不需要了"就随便将它扔掉。他把这篇作文取回来之后好像一直就放在那里，后来自己也忘了。

这可真是一个奇迹性的发现，不过 B 并没有因此而满足。

B 根据从那位老师处得来的仅有的一点信息，开始逐一联络那些应该是 A 的同年级的人，试图收集一些关于 A 的素材。结果 B 就找到了小学和中学时代与 A 非常要好的一个人——也就是《奇妙的盒子》这篇文章的作者。令人遗憾的是，他已经不在人世，我们只在他的遗物中找到了这本文集。B 说他读过《人偶的道具》和《奇妙的盒子》之后，顿时感到不寒而栗。

"很明显，这其中一定有一些古怪，实在令人无法理解。"B 如是说。

成人礼

那是当然，我们已经能从中看到许多矛盾之处。

说到无法理解，B 的所作所为更让我费解。B 为什么非要如此执着地调查下去不可呢？的确，对于 B 来说，他的那段体验是让人非常难以理解的。可是正像他本人说过的那样，这是一个梦。而且，除了梦不可能是别的。如果真是这样的话，这件事不就是一件无关痛痒的事吗？到底是什么东西激励了他呢？——不，它现在也正在激励着他——我实在是无法理解。

实际上，B 的调查现在仍在进行着，而且每当调查有了新的进展时，B 都会来向我报告。对于这一点大家又怎么看呢？是不是觉得完全脱离了常规呢？

A 居住过的那个人烟稀少的村庄距离 B 所在的东京非常远，那可不是适合频繁往来的距离。而至今为止，每个周末 B 都会奔赴那里。

说起来，那里对于他来说原本是一个毫无瓜葛的地方。他不是只去过一次吗？而且是以一种近似于偶然的形式。何况，他与 A 的交情也绝对没有那么深厚吧。

我把这些对他说了之后，没想到 B 腼腆地笑着对我说："下次我一定会悄悄地爬到二楼去看个究竟。"

我看到他的脸上露出了一丝快活的表情。终于，我再也忍不住了，把脸转了过去。

快逃

身后有一个恐怖的怪物向我追了过来,吓得我拼命逃开了。

我感觉它好像是从校门旁边的污水沟里冒出来的,浑身满是翠绿的颜色。体型那么大,没想到跑得却这么快。嘴里面还不停地喊着"嘎姆,嘎姆,嘎姆",让人完全搞不懂是什么意思。这实在是太恐怖了。

刚开始听到"咕咚,咕咚"的声音时我就有了一种不祥的预感。不过当时我身边还有很多小孩子,所以觉得应该没什么关系。觉察到这种异样的孩子可不止一个两个,虽然他们一个个都默不作声,但只要观察他们的表情就知道了。这样的孩子都在暗暗担心着自己的背后,脸上一副不安的神情。就算察觉到了也没有办法,更何况这也根本说明不了什么,于是大家都选择了无视。

并不是说只有敏感的孩子才能觉察得到,迟钝的孩子就觉察不到,只不过是注不注意的问题罢了。有注意到了却满不在乎的孩子，也有仅仅听到点声音就吓得哭鼻子的。小孩子也是形形色色的，各不相同。

然而，诡异的怪物，是没有人会喜欢的。不过，也就仅限于不喜欢而已，毕竟谁也没有被怎么样，也没人知道那是什么。归根到底，除了不喜欢也没有别的了，忍耐一下就好了吧，我这样想着。

更何况，教导主任正站在学校门口，目送着放学回家的孩子们。我想有大人在看着的话，没有什么不放心的吧。

学校的门前，有一条宽阔的缓坡。这虽然是一条车道，不过在学生上学和放学的时间段是禁止通行的。因此，一到放学的时间，孩子们就像是从蚁穴中喷涌而出的蚂蚁似的铺满了整个斜坡，然后自顾自地向坡下走去。下坡的途中有一条脏兮兮的小河沟，在坡上跑得到处都是的孩子们，在这儿附近又渐渐重新聚拢起来，自觉地排成了一列。他们走过了架在小河上面的一座短桥之后，就来到了两条左右分开的步道上。

两条步道在前方与一条大路直接交会，在那条大路上有许多车辆来来往往。

问题是那个吓人的怪物到底是会向左边跑还是向右边跑呢？

它一边跑着一边发出"嘎姆，嘎姆，嘎姆"的声音，仿佛是在朝着不同的方向不停地呕吐着。我尽量让自己不向后看，所以也无法确定它所在的位置。我和吉田君还有川村君三个人

快 逃　115

一起走在回家的路上。川村君似乎已经有所察觉，偶尔会偷偷地向身后望去，而吉田君则好像毫不知情，只是自顾自地说着卡通片的话题。

"千万不要过来啊！"我在心里默默地想着。但是我却有一种预感，它肯定会过来的。

我们三个人需要在那条大路上右转回家，因此我们上了桥之后就一直靠着右边走，下了桥之后自然也选择了右边的步道前行。就在这时，我朦朦胧胧地感觉到自己的身后出现了一种让人恶心的感觉。是的，它向右边靠过来了。我注意到川村君的脸一瞬间变得扭曲了。他歪着脖子，手摸着自己后脑勺揉乱了的头发，突然向前探出了自己的下嘴唇。吉田君也注意到了他的变化，笑着对他说："你的表情真奇怪啊，简直就是一副穷酸相嘛。"可我真的一点也笑不出来。

川村君看见了它。他看见了不该看见的东西，他根本就不应该去看的。

可是如果不去看的话，就始终无法知道它的真面目，反而更让人不安，虽然看见了也不会好到哪里去。

川村君的脸上依然摆着那样一副奇怪的表情，不停地左右张望着。

附近的路上有很多低年级的孩子跑跑跳跳地经过，川村君可能是在担心他们。如果它跑到了小孩子旁边的话，肯定会把他们吓得够呛，说不定会号啕大哭呢。川村君的家里虽然很贫穷，可能是他下面还有几个弟弟妹妹的缘故，他对低年级的小朋友非常亲切，也很愿意照顾他们。

吉田君嬉笑着给了川村君一拳。川村君让他住手，看样子并不想和他闹下去。可是吉田君仿佛意犹未尽似的，一拳接着一拳地捶打着他。

"停下……停下……别闹了……别闹了。"

我想他一定很讨厌这样吧。

确实够烦人的。

当我们从书店门前经过时，吉田君停下了脚步，向店内偷偷地望着。原来他又在隔着橱窗玻璃挑选杂志。吉田君经常这样站在这里，对着一些下流的成人杂志只看不买，然后开一些猥亵下流的玩笑。换作是平常的话，我们一定会附和着大笑起来的。

但是这次不行，橱窗的玻璃上已经映出了它的身影。

真是不想看见它啊。

川村君弯下腰来急匆匆地从书店前走过，在街角处停了下来。他给人的感觉异常阴沉，连身子都没有转过来就挥起一只手来向我们告别，接着转到了右边的小路上。那条路的前方通往那条脏兮兮的小河的下游。川村君的家就在下游岸边的低地上，那里的湿气很重，所以我不太喜欢，而且不知道为什么，那里总有一股泥水的臭味。

"川村这家伙，总是穿着同一件衣服吧。"吉田君这样说道。

再不快点走的话就要被追上了，可吉田君却还在说着他想要哪本漫画之类的事，我根本无暇理会他，赶紧迈步继续前行。

身后低年级的孩子哭泣着，是看见了吗？

是还是不是？

如果在穿过人行横道之前被追上了的话，那真是太让人沮丧了。吉田君在一旁埋怨着说："你着的哪门子急啊，赶着回去拉屎吗？"嗯，差不多，此刻的我真的是归心似箭，只想尽快回到家里，把门一关，谁都无法进来，那个家伙自然也不例外。

远远地已经可以看见我的家了，不过需要走过一条人行横道。很不幸，碰到了红灯。

啊，来了，来了，到底还是跟过来了，那家伙绝对是跟过来了。

变绿吧变绿吧变绿吧变绿吧，求求你了，在它追过来之前赶紧变成绿色吧。

过来了过来了过来了，我终于忍不住把脸转了过来，看见了它。看见了看见了看见了。别过来啊！

信号灯终于变绿了，我撒腿就跑。

"喂，你急什么呀？"吉田君问我。"啊，没什么。"听到他的话之后我又马上停下了脚步。

跑得太急万一那家伙从吉田君的身边超过去的话，后果就不堪设想了，还是不要离吉田君太远为妙。吉田君的家比我家还要远一些，和他一起回去的话，起码有人一直陪着我，不至于孤身一人。吉田君好像完全不把那个恶心的家伙当回事，一个人回家估计也没问题，我可不行。

一起过马路吧，还有那个家伙。

啊，真恶心，它离得太近了，虽然我不敢看它，但是我能感觉到。

我们走过了人行横道，来到了夹在居酒屋和便当店中间的一条路上。这条路既不是车道，也不是步道，只是一条普通的柏油路。路边上一簇簇蒲公英杂乱无章地盛开着。吉田君看到后对我说："你知道吗？蒲公英的茎这玩意儿，如果你把上面的花儿揪下来，然后再用尿去浇它的话就会变成蚯蚓的。"我对他说："你少胡扯了，一定是骗人的。"他却信誓旦旦地说："不是胡扯，绝对是真的。"

要试试看吗？算了，还是下次的吧。

接下来，吉田君又对我说蒲公英的绒毛如果掉进耳朵眼儿里的话，耳朵就会听不见了。我随口说道："照你这么说，如果绒毛进到鼻孔里的话，人岂不是不能呼吸了？"没想到他却说我太搞笑了，可我早就已经心神恍惚了。

蒲公英什么的都无所谓了。明明都已经在身后了，感觉不到有什么东西在身后吗？是的，它果然还是在我们身后。

蒲公英之路走到尽头之后，我们又走到了另一条大路上去。

我们再次向右转，又一次穿过有信号灯的路口之后，接着横穿过一个公园。

公园里面，熊井君、志田君、志田君的弟弟还有四五个五年级的学生玩着棒球。

"喂，过来一起玩吧。"

是呀，一起玩比较好吧。不，还是算了吧。

要是那家伙也混进来和我们一起的话，那可真是比死了还难过。

吉田君说了一声"好啊"之后就朝大家所在的方向跑了过去。

喂，等等啊，一起回了家之后再来吧。把书包放在家里之后再来这儿玩不好吗？干吗那么急啊？

可是，这种劝告恐怕没有人会听得进去。换了是谁都会去玩的吧，毋庸置疑。连我自己昨天也是这样就跑去玩了。

吉田君把自己的书包放在长椅上之后就跑过去玩棒球了。哪个是吉田君，哪个是志田君，哪个是熊井君，哪个是五年级生，大家都混在一起，我已经分不清谁是谁了。是的，此时此刻，他们不是任何人，只是玩着棒球的孩子，一群玩着棒球的孩子。

只有我是例外，这可不妙。

虽然那之后我又被他们邀请了一次，可是时机太不巧了，因为我已经稍稍走过了公园的入口。入口和我之间，有一个奇怪的东西在那儿，我已经没有办法返回去了。

"嘎姆，嘎姆，嘎姆"，它依旧这样叫着。

我干脆翻过篱笆跳回到公园里吧？可是，我能翻得过去吗？

正在我犹豫不决之际，耳边又响起"嘎姆，嘎姆，嘎姆"，来不及了。

"等会儿就来！"我大声地喊出了这句言不由衷的话，然后拔腿就跑。

这真是糟透了，只剩下我一个人了。

那家伙的目标已经没有别人了，只是跟在我身后。明明有那么多小孩子，为什么偏偏选中了我呢？难道是特别中意我吗，又或者是因为我一直在心里想着"不要啊，不要啊"？可如果真是这样的话，为什么不去跟着川村君呢？川村君也很担心害怕，而且还向后看了呢，他肯定看见了。是的，没错，不但害怕，而且还向后看了！川村君住在潮乎乎的地方。因为家里贫困潦倒，大家心里都看不起他。虽然我觉得他是个好人，但我确实也嫌弃过他的衣服太脏、鞋子太破之类的。所以，求求你了，还是去找他吧，反正他已经习惯了。

真是让人毛骨悚然啊。

别再跟着我了。别过来！别过来！

可它还是跟过来了。或者应该说，我正在被它追赶着。不明原因的，被一个来历不明的怪物追赶着。我没有仔细看过它，我想这种东西多数是绿色的。体型非常大，速度却很快。嘴里不停地叫着"嘎姆，嘎姆，嘎姆"。就是这种恐怖的东西。

总之就是这样，我在一只怪物的追赶之下落荒而逃。

我快步穿过公园，在有山茶树丛的拐角处转弯后加速小跑起来。然后我再次转弯来到一条小路上之后，使出全身力气向前跑去。

嘎姆，嘎姆，嘎姆，嘎姆，嘎姆，嘎姆。

真讨厌啊，越想越让人觉得恶心、不寒而栗，真的是太恐怖了。

因惊吓过度而死人的事也是有的吧。如果人惊恐到极点就会死的话，那我应该马上就要死了。我的惊恐已经到了马上就要呕吐出来、双眼布满血丝的程度。

不行的，无论怎样都摆脱不掉它。再这样下去的话，到家之前我就会被它追上。我的家在坡路的顶上，恐怕还没爬到一半我就坚持不下去了。

要是能有辆自行车就好了，我在心里暗暗想。

我突然感觉到非常疲惫，双脚仿佛也已经变得不听使唤。我重新调整了一下身体的姿势，顺势向前方猛地加速冲刺出去，然后在前方出其不意地转了个弯。可是我跑得太猛了，没法立即刹住，差点撞上了一堵砖墙，好不容易才停了下来。

希望它能就这样跑过去，别停下来。

跑过去吧，跑过去吧，一直向前跑，向前跑。

可是……

事情却并没有我想象得这样简单，不过我已经预料到了。它已经在刚才的拐角处停了下来。那只不知道是什么东西的怪物就在那儿，即使不看我也知道。因为一种非常、极其异样的气息正在从那里散发出来。

我已经吓得两腿发软了，只能站在原地背对着它，身体僵硬，无法动弹。此刻我意识到自己想靠转弯来甩开它的计策已经彻底失败了。

接下来，就算我顺着这条路继续走下去，也是无法到家的。想要回家的话就必须折回到原来的路上，可是现在折回去的话，肯定会和它结结实实地打个照面的。如果从正面和那个恐怖家伙碰上的话，我肯定马上没命。我就是如此地厌恶它。

如果我能像吉田君那样毫无察觉该有多好啊。从一开始就毫无察觉、全然不知的话也就不至于如此纠结了。

吉田君的学习成绩差劲得很，还总喜欢恶作剧惹别人生气，可他却总是能够占到便宜，真是个好命的家伙。当时我也很想去玩棒球。脑袋里空空如也的人却总是能够占到便宜，真是太不公平了。吉田君谎话连篇，粗暴无礼，前段时间他把中岛先生家的盆栽打破了，还赖在别人头上，自己却一句道歉也没有。到最后也没查出来到底是谁干的，害得在场的大家都被臭骂了一顿,而他自己倒若无其事地先回家打游戏去了。吉田君这家伙,真是太狡猾了。

所以啊,你这家伙,就不能去找他吗?

快去找公园里那伙人吧,让他们尝尝恐怖的滋味吧!

嘎姆,嘎姆,嘎姆,嘎姆,嘎姆,嘎姆。

此刻我的嘴里,从下颌的根部渗出了一些酸溜溜的液体,真的要吐了。

人见到自己极度讨厌的东西估计都会吐的。我就是如此讨厌它。别过来……别过来……

它太快了。

我飞奔起来,再不跑的话就跑不了了。

前面出现的是幼儿园、寺庙、脏乱的民宅还有空地,就是这些东西了。再往前跑有一片盛开的鲜花,前面还有什么呢?别过来啊!真讨厌啊!我都说了讨厌啦!不要再发出那么狰狞可怖的声音啦!

我不太喜欢寺庙附近,因为那里埋葬着死人,仅此而已。

它又追上来了,这家伙到底有什么目的呢?话又说回来,应该叫它这家伙还是这东西呢?

真讨厌啊,为什么偏偏是我碰到这种事呢?真烦!

等等,祖母家不是在这附近吗?对呀,就在那座寺庙后面,脏乱的民宅再往前面一点。好像是在那片生锈了之后略显翠绿色的镀锌铁栅栏的前面,那片仿佛小树林似的郁郁葱葱的树丛再往前一些。那所房子又旧又脏、光线昏暗，而且还幽幽散发着一股臭味，可能是由于房子是木头盖的吧，又或者是因为年头太久了，到处都是灰尘。

祖母家不就在那儿吗？她一定在家的。

祖母上了年纪腿脚不好，又没有什么事情可以做，肯定在家里的。但是，我很讨厌祖母，真不想去她那儿呀。虽然不太想去，可我此刻正在被身后的东西紧紧追赶着，那个莫名其妙的东西。

每逢正月或者盂兰盆节的时候，我都会去祖母家，在佛坛前面烧一炷香，其实我很讨厌这样，因为香的味道实在太难闻了。

难闻的还有坐垫，总有一股灰尘的味道。包子、印糕[1]之类的糕点也不太好吃。祖母平时一声不吭，皮肤看起来不但干燥粗糙而且肮脏不堪，可能是不洗澡的缘故。她满头的白发仿佛霜染过一般，丝丝缕缕凌乱地缠绕在一起，感觉湿答答又油腻腻的。她的脸上布满了皱纹，一道一道深得就像是大地上龟裂出的缝隙。皮肤上还长着一些褐色的斑点，颜色已经变淡，如同死人一般。她的指甲缝里积满了黑泥，睡衣上还有一片片的污渍，已经有些黏糊糊的了。她总是张着嘴，可嘴里连一颗牙都没有了。

---

[1] 日本的一种点心。用糯米粉、黄豆粉加糖和水和拌后放入木模成型，取出后烘干而成。

祖母平时基本上就待在家里一动也不动,擤过鼻涕的卫生纸之类的垃圾,扔得到处都是,真的是太脏了。

为什么要穿成那个样子坐在被褥上呢?就不能说点什么吗?我虽然常常这样想,可是觉得不免有些过分,所以每次都忍住了,毕竟说过分的话时自己也会很难为情。更何况我既没有想训斥她,也没有因此而发火的意思,自然没有必要说出来。不过,虽然我嘴上不说,心里还是很讨厌的。

我讨厌祖母,所以我不想去她家。

青绿色的肮脏的薄铁栅栏终于到了尽头,那里有一片茂密的树丛。平日里树荫下总会有什么在那儿的,人啊狗啊之类的。

可今天那里却是空无一物。

嘎姆,嘎姆,嘎姆,嘎姆。

如果现在面前有一只狗的话,会把这怪物吃掉吗?狗吃不吃这种东西呢?一只正吃着怪物的狗,想想就觉得异常恶心。吃了之后马上就会没命的吧?肯定会的。这种东西根本就是来历不明的嘛。

啊——还是来到祖母家了。

从正门开始就让人讨厌。不用普通的门,非用咯噔咯噔响的拉门,简直丑陋至极。

我拉开了门,幸好没有锁。门虽然打开了,可我却没能来得及将它关上。现在它与我的距离已经近到触手可及的程度了。我实在是没有勇气去触碰它。不过……如果只是迅速地碰一下呢？还是不行，我真的无法想象。光是想想都觉得受不了，太恶心了。

啊，果然是祖母家的味道。这么臭，到底是什么的味道呢？真让人不舒服。

我慌乱地甩掉了自己的鞋子之后赶紧走进屋里，一刻也不敢放慢速度。"祖母！祖母！祖母！"我大叫着。走廊里又黑又暗，还是那么脏，也没有人来打扫一下。木板有些萎缩了，以至于两块板子之间出现了一些空隙，里面堆积着许多垃圾，踩上去发出吱嘎吱嘎的声音，让人感觉每踩一下垃圾都会从缝隙里喷出来似的。

我听见了脚步声，我的脚步声是呱嗒呱嗒的声音，而那个脚步声却是"吱——"的那种，好像是拖动什么东西时发出的声音，听得出来有一定的重量。不知道是否果真如此。

真是一座令人生厌的房子，隔扇的另一侧净是些没有人住的房间。那些没有人住的房间里存放着一些不倒翁、木箱子，还有装进塑料袋的旧衣服等诸如此类的杂物。除此之外，还有几张故人的照片也摆放在那里。

这些照片里的人是谁呢？蓄着胡须的老人、排成一列的士兵、单眼皮的学生，大家的脸上都没有笑容，想必他们当时都觉得很无聊吧。

这些照片没有颜色，焦点也很模糊，看了之后真叫人大为失望。

这到底是怎么回事呢？怎么还跟到别人的家里来了？难道是因为这里不是我的家？因为不是我自己的家，所以对它来说就和外面的马路没什么区别了吗？也许是这样吧。

祖母住的房间，就是有佛坛的房间前面的那一间。我也不知道这房子里到底有几间屋子，不一直往前走是没办法知道的。可是，一旦走过头了的话可就没办法退回来了。无论如何都是回不来的，因为，身后有一只紧跟着我的怪物。

走廊里最里边的那个房间是洗手间。厕所果然也是一派污秽不堪的样子。我从来没有见过如此怪异的洗手间，里面只放着一卷手纸。蹲便式的便器，味道臭气熏天。冲厕所的水储藏在屋顶一个奇怪的水箱里，冲水阀门用一条可拉扯的铁链控制。屋里唯一的照明就是一只灯泡。洗手池是圆形的，尺寸小得可怜。水龙头的形状也很奇怪，从里面出来的水是温的，里面还夹杂着铁锈，颜色通红，不禁让人怀疑用这水洗手的话是否只会把手弄得更脏。

卫生间再往前的隔扇应该就是佛坛所在的屋子了。就在下一间屋子，对，下一间。

那里就是祖母住的房间了。我拉开了隔扇。

榻榻米上面铺着有点脏的被褥，祖母挺着上半身坐在上面。祖母的样子脏得吓人，睡衣也已经变成了令人难以置信的颜色。本来白色的地方现在变成了灰色，花纹也褪色了，袖口都已经磨破脱线了。她的头发看起来简直就像是吸尘器里集尘袋中的垃圾似的。拉开隔扇的一瞬间，我在心里就感叹道："天哪，实在是太脏了。"

"嗡"，一只苍蝇飞了过去，落在祖母的身上。

紧接着，那种令人难以忍受的独特味道立刻冲进了我的鼻子里。这到底是什么味道呢？

嘎姆，嘎姆，嘎姆，嘎姆。

"哇——"我大喊一声，冲向祖母所在的方向，绕过被褥，躲在祖母的身后。

我双手抱着脑袋，紧闭着自己的双眼，可仍旧抵挡不住这股臭味。

怪物。我想，那个怪物一定是紧紧跟在我的身后，几乎与我同时冲进这房间的。

我不知道那些事。不知道不知道不知道！我没有睁开眼看，所以我什么都不知道！

我不在这儿……我不在这儿……我不在这儿。

真讨厌真讨厌真讨厌，真是太讨厌了。

啊，我闻到祖母的味道了。真是讨厌这种味道啊，从小就讨厌，一直都讨厌。不过，此时此刻你要是能说句话的话，哪怕是笑一下也好啊，祖母。

脚下的榻榻米粗刺刺的，即使隔着袜子也能感觉到。祖母无法行走，估计打扫也是做不来的，这里实在是太脏了。

我第一次来到这里是什么时候呢？完全不记得了。我只记得自己一直都很讨厌这里，想必很久之前就来过了。因为自己从还没有懂事的时候就不喜欢来这儿，那时我还不知道如何将自己的厌恶说出口，也就是说，我从自己还不会说话的时候就开始讨厌这里了。这里又臭又脏，却让人有些怀念。

我微微张开了眼睛，先是抬头向上望去。

一条绳子从天花板上垂下来悬在半空，那是吊灯的开关。吊灯没有打开，只开了一只小灯，大白天里发出黄色的光。天花板上漆黑一片，那颜色感觉像是被烟熏出来的黑色，看上去阴森森的。再往下面一看，那里有一床已经露出了些许棉絮的破被子，无论冬夏都只有这一床。

祖母不是几乎不躺着的吗？不是一直就这样坐着吗？

这床被子也是一样，无论怎么看都不太干净。

接着，我看见了祖母。

祖母她……

竟然动了。

不，她的身体依旧纹丝不动。无论是她那如同干枯竹枝般的手指，还是布满皱纹的脖子，都没有动弹一下。那双深陷入眼窝的眼睛也还是老样子，没有任何神采可言。祖母可能是看不见了吧？

可是，她那张一直张开着的仿佛洞穴般的嘴，突然毫无征兆地开始蠕动了起来。

这真是糟透了,我想。虽然我也不知道为什么,但是就是有这种感觉。你是狗吗,我的祖母?

只有嘴在动弹的祖母,我真的是第一次见到。这情况真是太糟糕了,我想。

如果此刻祖母突然开口说了话,我真不知道该如何应对。"祖母,你好脏啊","祖母,你好臭啊","祖母,我真的很讨厌你",这些我好不容易才忍到今天的话,现在一不小心就会脱口而出。如果我真的这样说了,她一定会很伤心的吧。

所以,我还是老老实实地闭嘴为妙。

想到这儿,我只好装作什么都没看到,把自己的视线转向别处,然后装作若无其事地站起身来,默默地走出了祖母的房间。经过了吱吱作响的走廊之后,我又回到门口穿上了自己的鞋子,接着直接朝着公园跑去……

在公园里和吉田君他们一起玩起了棒球。后来我们又跑去找川村君,最后还是玩到了很晚才回家。

"以上就是我小学六年级时的回忆。"

"那个东西到底是什么呢?"山下这样问我,"真是莫名其妙,太奇怪了。"

"也许是吧。你瞧,川村君上中学的时候无缘无故地突然变成了不良少年,一次骑摩托车出车祸死了。吉田君继承了家里的生意,现在是一家杂货铺的老板。客人少得可怜,根本没有生意，再这么下去还不如上吊死了呢。三年前我见到他时，他是这么说的。"

"那些事不是重点啊。"山下吃惊地说，"话说，你到底是被什么东西追着啊？"

"不是说了嘛，我不知道啊，我没看见。"

"你一直说没看见没看见的，可是它一直跟在你身后，你应该能够看到它的啊。要是它一直在的话。其实，你还是看见了吧？"山下停顿了一下，喝了口手里端着的红茶，接着问道，"那到底是什么呢？"

"就是一个很恶心的东西。"

"可是……"山下轻轻地放下了盛着红茶的杯子，微微地斜着脑袋，又问我说，"我记得你的祖母不是住在长野县吗？"

"对啊，住在伊那。虽然已经八十九岁了，还是一副精神矍铄的样子。老伴儿很早就去世了，现在由我父亲的大哥，也就是我的伯父，还有他的二儿子一家人来照顾着。听说她无论什么事都会用手机发短信，头脑还清醒得很。"

"这样说来，你说的不是你的祖母[1]，而是你外祖母喽？"

"不是啦，我的外祖母在我八岁的时候就过世了。那是我人生中参加的第一个葬礼，大家一起合影的时候不知为何竟然还笑了，当时真是完全搞不懂状况。"

1　原文中的"祖母"（おばあちゃん），可以指称中文的奶奶、外婆以及年纪较长的女性。

"那么……你说的祖母到底是谁呢?"山下问我。

"祖母——就是祖母喽。"臭烘烘而且脏兮兮的。我决不要再去祖母的家里了,决不。

"我是问你们的亲属关系呢。她是你的什么亲戚吗?比如说你的伯祖母,是不是这种亲属关系呢?"

"伯祖母?我哪里会有那种亲戚?"咦?被他这么一说我才反应过来,我记忆中那位老奶奶……究竟是谁呢?

"是啊,真奇怪啊,究竟是谁呢?"

对我来说,她就是祖母啊,就住在一片肮脏破落的民宅和镀锌铁栅栏的前面,再穿过一片树丛后的旧房子里。

"那房子一定很旧了。"山下有些惊讶地说,"很小的时候就经常去那里——你的记忆是这样的。"

"说起记忆……"其实那算不上什么记忆,我仅仅是这样觉得而已。我不知道自己是和谁一起去的,似乎并不是和父母一起。

不过,那些包子和印糕真的很难吃啊。厕所又脏又臭。好像与味觉和嗅觉相关的记忆被很鲜明地保存了下来。但是,我的脑海中却没有任何关于声音的记忆。关于那所房子的所有回忆里,唯独缺少了语言这一项。

回忆?我哪有这种东西?

"真拿你没办法啊。"山下说,"你这家伙,我们俩上的是同一所小学,而且我们六年级的时候还是同班。你仔细听好了,无论是吉田还是川村,咱们的班上根本就没有这两个人。"

"别胡说八道了,你不记得川村君了吗?就是家住在河边的那个啊!"

"的确有过川村这个人,但是川村君只是在五年级的时候来到我们学校借读过一个学期而已。他家里很穷,而且又不太擅长与人交往,因此受到了些欺负。你我虽然没有和别人一起主动欺负他,却也没有替他出过头。不知道是不是这个原因,他后来就转学走了,之后就再也没有什么消息了。至于姓吉田这个姓的同学,我们同年级有好几个。从你描述的性格来看,你说的吉田君应该是四年级的夏天受了重伤,因此休学了半年的那个。他上了五年级之后,有好长时间还是坐着轮椅来上学的,一直到毕业的时候应该都还拄着拐杖。他在受伤之后整个人性情大变,变得阴郁了起来。而且,他六年级的时候是我们隔壁班的,中学时去了别的学校。至于他家里开的杂货铺,更是很早就关门大吉了。"

"不会吧?真的假的啊?"

"当然是真的了,我怎么会骗你。"

"真拿你没办法啊。"山下又说了一遍。

"我们俩一起逃学去公园里看漫画,还有假装成中学生去看电影的事你不会也忘记了吧?"

这些事我当然记得,可记得又怎么样呢?难道说这些事……也发生在六年级?

这样说来……不过……我明明……

我记忆中的这些事到底该如何解释呢?那个我一直叫作祖母的老妇人究竟又是谁呢?

"到底是什么时候,什么东西在身后追你啊?"

什么东西?我都说了,就是一个不知道是什么的奇怪东西啊。通体翠绿,体型巨大,速度奇快。不,那种东西……

"那种东西……"

我不知道我不知道我不知道。讨厌,就是让人非常讨厌的东西。

"说起来,我……"

我走出了校门,那时候就是从那条污水沟里……

可山下却告诉我说我们读书的那所小学已经没有了。校舍从前年开始就废弃了,去年终于被拆掉了。

那我现在是在哪儿呢?这条坡路虽然是一条车道,可学生上下学的时间禁止一切车辆通行,所以学生们就像涌出巢穴的蚂蚁一样。过了河之后,是靠右边的步道。向右转弯穿过人行道。酒馆和便当店中间。蒲公英……

不,那里没有什么盛开的蒲公英,也没有所谓的便当店。

走上一条大路,再向左转,再一次穿过人行横道,接下来爬上一条坡道,来到公园的边上……

然后,在那个公园里,吉田君把书包放在了长椅上,接下来……

不，这些事情果真发生过吗？

或许什么都没发生过，我也没怎么打过棒球，也许是足球？

不，什么都不是。这个公园是禁止一切球类运动的，无论是过去，还是现在。

可是，在那入口处……那个令人厌恶的东西……

川村君家里穷得很，人也迟钝；吉田君工于心计且粗鲁无礼，让人讨厌，非常讨厌。我怎么会和他们一起玩耍呢？讨厌，真是讨厌。啊！讨厌！

讨厌过度的话也会死人的吧？

吉田这家伙，要是受伤死了的话该有多好啊！川村也是，随便倒毙在哪儿的路边才好呢！连他的脸我都不想再见到。不，我不该这么想，也不能这么说。这些话如果说出口的话，他们该有多伤心啊。

讨厌！讨厌！讨厌！

而我……我的双脚仿佛也已经变得不听使唤。我重新调整了一下身体的姿势，顺势向前方猛地加速冲刺出去，然后在前方出其不意地转了个弯。可是我跑得太猛了，没法立即刹住，差点撞上了一堵砖墙，好不容易才停了下来，可是前方空空如也。

不，等等，祖母家不是在这附近吗？对呀，就在那座寺庙后面，脏乱的民宅再往前面一点。好像是在那片生锈了之后略显翠绿色的镀锌铁栅栏的前面,那片仿佛小树林似的郁郁葱葱的树丛再往前一些。那所房子又旧又脏、光线昏暗,而且还幽幽散发着一股臭味,可能是由于房子是木头盖的吧,又或者是因为年头太久的缘故。

真让人有些怀念,我很小的时候就来过这里,每年的正月和盂兰盆节的时候。

可是,那个我一直叫她祖母的老妇人到底是谁呀?

我拉开了门,幸好没有锁。门虽然打开了,可我却没能来得及将它关上。啊,果然是祖母家的味道。到底是什么东西的味道呢?这么臭,真让人不舒服。

我慌乱地甩掉了自己的鞋子之后赶紧走进屋里,一刻也不敢放慢速度。"祖母!祖母!祖母!"我大叫着。走廊里又黑又暗,还是那么脏,也没有人来打扫一下。木板有些萎缩了,以至于两块板子之间出现了一些空隙,里面堆积着许多垃圾,踩上去发出吱嘎吱嘎的声音,让人感觉每踩一下垃圾都会从缝隙里喷出来似的。

又脏又臭的卫生间再往前一点,下一个隔扇应该就是佛坛所在的屋子了。我讨厌在佛坛前面焚香,香的味道实在太难闻了。难闻的还有坐垫,总有一股灰尘的味道。包子、印糕之类的糕点也不太好吃。这个房间再往前一间,祖母就在那里……

我的祖母,根本就不在那里。怎么可能在那里?

祖母就在那里。

榻榻米上面铺着有点脏的被褥，祖母挺着上半身坐在上面，样子脏得吓人。皮肤看起来不但干燥粗糙而且肮脏不堪，她满头的白发仿佛霜染过一般，丝丝缕缕凌乱地缠绕在一起，感觉湿答答又油腻腻的，简直就像是吸尘器里集尘袋中的垃圾似的。她的脸上布满了皱纹，一道一道深得就像是大地上龟裂出的缝隙。皮肤上还长着一些褐色的斑点，颜色已经变淡，如同死人一般。睡衣上还有一片片的污渍，已经有些黏糊糊的了，而且还变成了令人难以置信的颜色。本来白色的地方现在变成了灰色，花纹也褪色了，袖口都已经磨破脱线了。她的指甲缝里积满了黑泥。拉开隔扇的一瞬间，我在心里就感叹道："天哪，实在是太脏了。"

"嗡"，一只苍蝇飞了过去，落在祖母的身上。

她孤苦伶仃，老无所依。她无法行走，一动不动，而且整日沉默不语。

你为什么还在这里？那之后已经过去多少年了？正常来说，人是不可能活这么久的。还是说你从一开始就已经死了？

和这些比起来，这儿到底是哪儿？

一条绳子从天花板上垂下来悬在半空，那是吊灯的开关。吊灯没有打开，只开了一只小灯，虽然现在是白天。现在是白天吧？

那盏灯依旧在闪耀着金黄色的光。天花板上漆黑一片，那颜色感觉像是被烟熏出来的黑色，看上去阴森森的。再往下面一看，那里有一床已经露出了些许棉絮的破被子，无论冬夏都只有这一床。祖母不是几乎不躺着的吗？不是一直就这样坐着吗？

她根本就不是活人。

"你，到底是谁啊？"

老妇人缓缓地将自己那布满老人斑的脸转向了我，那双失去了焦点并且深陷的双眼依旧在空洞地盯着前方，可是她那张一直张开着的仿佛巨大洞穴般的嘴，突然毫无征兆地微微嚅动了一下。

嘎姆，嘎姆，嘎姆，嘎姆，嘎姆。

从那里我看到了翠绿的颜色，她果然是吃掉了。好恶心。

啊！！！

我在被一个怪物追赶着。

快逃！

十万年

这么说吧，因为每个人都是与众不同的，所以每个人眼中的世界也都是不尽相同的吧。在有的人的眼里，夕阳是一片纯蓝色的。而对于那些一直将这种颜色称为红色的人来说，红色才是夕阳的颜色。

我经常想着这一类的事情。

换言之，我所观察到的这个世界，是否就是正常的世界，连我自己也经常感到困惑不已。当然，我并不认为自己的认知会与实际有特别大的偏差。但是，个别细微的部分到底是怎么样的我就不得而知了。而且，我无法确定自己眼中的世界是否正如其他人眼中的那样。反之，别人眼中所能看到的事物是否同样能清清楚楚地被我看到，我同样无法断定。

我眼中所看到的光景说不定已经扭曲了。如果说一切的一切，从最开始就已经扭曲了的话，那么我们又该如何去判断这一点呢？

我曾经听说过这样一则趣闻。有一种眼镜能够将人左右眼的视野颠倒过来,如果谁戴上这种眼镜的话,最开始的时候是会有些混乱的。比如明明是向右侧伸出了手,结果却够到了左边。身体向左边转了过去,可在自己的眼里却是在向着右边的方向前进。当然,并不是说本来擅长使用右手的人突然就变成了左撇子。左还是左,右也依然是右,我们身处的世界并没有发生一丝一毫的改变,只是看起来左右颠倒了而已。然而,这一变化却为人们带来了异常巨大的困难和麻烦,甚至连笔直地行走这种事都无法随心所欲做到了。

但是,如果你夜以继日、无时无刻不戴着它的话,结果就是……

你终将适应。

这并不是因你掌握了某种诀窍,又或者是久而久之在你的脑海中已经产生了某种敏锐的直觉,事情并不是这样的。

似乎就是可以正常看见了,右边就是右边,左边就是左边,不知道在什么地方、什么时候悄然转换过来了。可是如果你接下来把眼镜摘掉的话,出现在你视野中的左右又会再次颠倒过来,尽管这时的你,已经摘掉眼镜了。

我有时会想,恐怕每一个人都与生俱来地戴着那样一副眼镜吧?每个人都是一样,戴着属于自己的眼镜观瞧着这个世界,而且这副眼镜是你永远都无法摘掉的,因为你永远都是你自己,不可能变成别人。

于是,我们就这样戴着各自的眼镜,注视着眼前不同程

十万年

度扭曲着的、模糊着的、清晰着的、五颜六色的奇妙世界，理所当然地以为这就是它本来的面目并对此深信不疑地活着，最终也就这样迎来了死亡。

但是，这样并没有什么不妥，也没有人会因此而感到困扰。是的，不会因此而困扰，也没有什么不妥，可是我却感到有些害怕。

对于我来说，我只能看见自己前方的风景，可风景却不仅仅存在于我的前方。站在我背后的人可以看见我的后脑勺，可我却无论如何也看不到这些，一辈子也看不到。也就是说，无论我怎样努力，我都无法看见包括自己后脑勺在内的身后的景色，尽管现在、此时此刻，那些包括我的后脑勺在内的景色明明就真实地存在着。

距离自己太远的东西看不到是很正常的，被遮盖住了的东西看不到也是没有办法的事。可是与自己出现在同一时间、同一地点的东西，为什么偏偏就看不见呢？不——也许并不是看不见，只是让人觉得自己看不见而已。

从前面的眼镜的故事中我们可以知道，我们眼中的世界不过是我们以为自己所看到的那样而已。因此，如果我能设法让自己相信我可以看到自己的后脑勺的话，是否也就意味着我可以看见它了？一定可以的吧。

这样一想的话，更加让人觉得恐怖了。我的双眼所看到的、脑海中所坚信的这些究竟是真还是假呢？我曾经以为这一切都是理所当然的，并打算就这样无拘无束地度过一生，可这终归只是我的一厢情愿而已。或许，这个世界根本就不是我看到的那样，而是更加严重地扭曲着，只是我自己没有意识到罢了。

其实，我也想过是否有一天我能通过他人的眼睛来看看这个世界。

由于我并没有他脑海中的那些固有观念，因此，如果我能够借用他人的眼睛来看这个世界的话，恐怕呈现在眼前的景色会是惊人般的不同吧，我常常这样想。不，也许不会有太大的不同。

但是——比方说，如果其他的地方都是一样的，只有明暗反转过来了的话会怎么样呢？就像一张底片那样，如果最开始就是那个样子的话，当事人不会因此而苦恼。本该昏暗的地方看起来却是白色的，本该明亮的地方看起来却是黑色的，本该是红色的地方看起来却是绿色的，而本该是黄色的地方看起来却是蓝色的。这种情况就和前面我们所说的左右颠倒没什么区别，人也可以正常生活。

可是，如果我借用那个人的双眼来观看这个世界的话……

看到的景象恐怕就完全不同了吧，原本应该是漆黑一片的地方可能会变得光亮刺眼，黑夜也将与白昼无异。如果是这样的话，换作是谁都会怀疑自己是否还活在这个世上吧。

说真的，我常常会思考这种事。

十万年

小学一年级的时候，我在学校的左右测试中得了零分。我彻彻底底地把左右弄颠倒了，不过这是有原因的。

那是在我七岁的时候。一天，当我站在镜子前面时，突然注意到了一件事。

当我想举起自己的右手时，镜子里面举起来的却是左手；当我想闭上自己的左眼时，镜子里面闭上的却是右眼。也就是说，我的左右是颠倒的。是的，那个时候我根本就没有去想镜子里的映像是左右颠倒的，我只是单纯地以为自己是反过来的。

并不是说我不懂得平面对称的概念，相反，对于这一点我理解起来要比别人好得多。我只是觉得镜子里的那个虚像才是真实的我。为了证明这一点，后来我费尽了周折。那时尚年幼的我，开始将所有的文字都反过来写。无论是平假名还是片假名，甚至是刚刚学会的汉字，我全部都反过来写。反着写出来的汉字只要一照到镜子里就正常了。于是，我就这样一边看着字帖，一边故意将那些汉字照着原来的样子反着写出来。虽然我不觉得自己有多愚笨，但那时真的是累得够呛。

别人都能正常地书写汉字，为什么只有我不行呢？我不禁这样想。我是颠倒的。我是反过来的。还是小学一年级学生的我，觉得一直以来习以为常的事情突然全部变成了自己的误信，原来都是错的。

那之后，老师对我的劝说可谓苦口婆心，父母被我的想法惊得呆若木鸡，朋友们则嘲笑我的想法是多么荒诞不经。尽管如此，我依然坚持己见。因为，那看起来确实就是反的啊。别人写出来的字在我看来都是正常的。镜子中的我和除了我自身之外的一切，对于我来说都可以归结为眼中的世界。这其中只有镜子中的我是相反的、颠倒的。把字反过来写的话，不是在镜子中就能映照出它正确的样子吗？所以说，我是颠倒的。

我就是这样推想出来的。笨小孩用笨小孩独有的方式拼命思考出来的。

有的时候，我的一个朋友会写出来一些歪歪扭扭的字，然后放在镜子前面映出来给我看。那些字也是反着的。这个时候我就会这样想：

——原来如此，看来大家都是颠倒着的。

由平面对称所形成的虚像只存在于镜子里吗？无论如何我都不这样觉得。世界上的基准一定是存在于我之外的，而我不过是游离于这些基准之外的模棱两可的存在。我一直都是这样认为的，至今仍没有改变。

想要纠正的话其实非常简单，可我始终没法摆脱长久以来的怀疑态度，任由它留存于自己的脑海，直至今日。

在我上中学的时候，有一个女生能够看见鬼魂。

班上一半的同学都认为她有些不太正常。她嘴里经常说着诸如"电波来了""他走掉了""他来了"之类的话。的确，我也认为鬼魂什么的是不存在的。实际上也确实如此吧？人们

十万年

只是希望会有这种东西而已,实际上并不存在,我是这样认为的。什么地缚灵、浮游灵、守护灵、指导灵、动物灵、低级灵等,都只不过是在漫画里才会出现的荒诞玩意儿。但是如果就这样断言它不存在的话,我反而又觉得或许她真的可以看到什么。

班里剩下那一半的学生似乎没有过多考虑什么,只是一味觉得恐怖而已。"你看,他就在那里!""那里不太好,别过去。""我感觉那附近古怪。"每当那个女生说这些话时,周围的人都惊恐骚动起来,甚至还有人吓得哭了出来。因此还引起过几次比较大的骚动,惊动了班主任老师来收场。可老师来了也只是随便用含混不清的腔调敷衍说:"根本就没有什么鬼魂,都是骗人的,不要害怕!"

那位女生明显一副不满的样子,大概是因为被人大声指责在说谎吧。当着全班同学的面被班主任老师指责自己说谎,换作是谁都会伤心难过吧。可能老师也是考虑到这点才用含混不清的腔调说的吧。不,或许连老师自己也相信有鬼魂的存在——也有这种可能性。

不过,在那个场合,如果不说这些都是谎话的话,恐怕骚动就没有办法平息。因为那些相信有鬼魂存在的学生们可是从心底感到恐惧的。后来,那名女生被叫到教师办公室里教育了很久很久,之后好像还请假休息了一两天。不过,这种状况终究还是没有什么改变。

——我能够看见他们。

一半的人叫嚷着:"太恐怖啦!赶紧去找人驱驱邪吧!"

另一半的人说:"你白痴吧,赶紧去医院看看。"

而我哪派也不赞成,我觉得那个女孩子一定是看到了什么,然后就开始相信自己所见到的就是鬼魂,仅此而已吧?

和我之前所说的左右颠倒的情况是相同的道理。我想那肯定不是什么鬼魂,只是一些普通的东西。

比如说,人的长相其实也是一种识别的符号。我们将什么东西拟人化的时候,首先刻画的就是它的脸,这要比给它加上人的手脚来得省事。脸对于人来说,是一种非常特别的记号。

既然是被当作记号来对待,那么自然是差之毫厘,谬以千里的。反之,像是猫和狗之类动物的脸,如果没有非常明显的特征,是很难将之从同类中区分开来的,反倒从毛色和花纹判断起来更容易些。人的脸上既没有花纹,也不像猫和狗有各种各样的颜色。当然,皮肤的颜色和头发的颜色是因人而异的,可这些细微的差别不过是在误差范围内而已。

我听说欧美人是很难区分亚洲人的长相的。连我自己也是,觉得外国人看起来都长得一个模样。但是,如果是日本人,就算是双胞胎我大致上也能区分得出来。这并不只是我看得久了已经习惯的原因,而是我已经将人的眼睛、鼻子和嘴当作记号,并且形成了固定的区分规则,因此仅凭一些细微的差别就能区分出来。

十万年

如果不能解读这些记号的话，那么也就没有办法区分出人的长相了。好像有一种病就是这样，患者身体的其他机能都是正常的，唯独无法识别人的长相。

这样说来，假如很多东西都适用于这个规则的话，会变成什么样子呢？形状像脸的东西是否看起来都和人脸一样了呢？那恐怕会让人非常难受。

那个女孩儿最终还是被大家孤立了。

相信鬼怪之说的同学们都心生畏惧，唯恐避之不及。而那些不相信的则选择了百般讥讽，横眉冷对。虽然还没有到欺负她的程度，但她已经变成了孤独一人，没有一个朋友了。

有的时候，我会试探着问她：

你都能看到些什么？

你在看什么呢？

那些东西看起来是什么样子的啊？

我想：人与人是不同的，看到的世界恐怕也各不相同吧？她所看到的世界，一定不是我看到的那样。

每当这时，她都用那双灰暗的眼睛注视着我，并且回答说：

我能看见鬼魂。

我正在看鬼魂呢。

我能看见鬼魂存在的世界。

这答案让人无所适从。

对她来说，似乎根本没有其他的选择。看得见或者看不见，鬼魂存在或者不存在，相信或者不相信，这种二选一的思维方式似乎也正是她自己选择的。"二者皆否"这个选项，在她所坚信的世界中是不存在的，这样一来我也就没有了置喙的余地。看来她只能被相信自己的人畏惧，被不相信自己的人嘲讽了，别无他选。

这多少让人感到有些悲伤，还有些遗憾。

我是多么想和那些眼中的世界明显与自己不同的人好好谈谈啊。若非她这种极端的例子，就不知道那是否与自己眼中的不一样了。

人们在遇到自己未知的事物之前，都固执地认为大家都是相同的，认为自己眼中的世界与别人眼中的世界没有什么区别，并对此深信不疑。是的，没有一丁点的怀疑。人们就是抱着这种执念而生存着的。

也正因如此，那位能看到别人所看不到的东西的女孩儿才会遭到众人排挤。

人们感觉到自己什么地方与别人不同时，第一反应就是参照别人的样子来修正自己，从而将这种与众不同隐藏起来。大家都在努力使自己与他人保持步调一致，绝口不提自己与他人相异之处，固执地认为自己是正常的，认为自己才是衡量一切的标准。

这种事，难道不是比鬼魂还要虚无缥缈吗？

自己，自己，还是自己。自己这样的，自己那样的，一个个都信心满满，大言不惭。那种自信到底是从哪里来的呢？一个人的固执己见竟然能够界定世界。

难道你们从来没有想过要抛弃自己的执念吗？

难道从来没有人想过要摘下自己的眼镜来观瞧面前的世界吗？

我就这样想过，我想借用别人的双眼来看这个世界。我现在、马上就想看看自己后脑勺的样子。

我终于还是没忍住，向别人说出了心中的想法，那是在高中的时候。我的前辈对此显示出了浓厚的兴趣。

"你说得一点都没错。"前辈说完后抬头仰望着夜空。

那是一个夏日的夜晚，我们一起坐在屋子外面，天空中繁星闪烁。

"你相信有外星人吗？"前辈唐突地问道。

"我也不知道。"我这样回答道。虽然我一直觉得外星人什么的十有八九是捏造出来的，但是我无法因此断言他们不存在。

"宇宙是如此浩瀚，银河系中充满了数不清的繁星，而宇宙中又有许多个银河系，所以智慧生物应该是有很多的。我也觉得很有道理。他们之中的一些很可能已经拥有了先进的科学技术和高度发达的文明，这也说得通。不过……"

一直仰望着夜空的前辈这时把目光转向了我。

"正像你说的那样,我看到的世界与你所看到的一定是不同的。尽管我们都是地球人。

"我觉得人类和地球以外的智能生物能够取得交流的可能性几乎为零。我们连和猫狗都没有办法交谈,更多的时候我们只是觉得自己能够和它们说话并且有所沟通。至于狗在看着什么、想着什么,我们根本无从知晓。狗和人亲近不过是为了生存罢了,为了得到食物而靠近、讨好我们。人们就擅自把这当成是猫或狗对人类友情或者是喜爱的一种表现,真是大错特错啊。像个白痴一样整天小猫咪长、小猫咪短的,简直是变相地虐待动物。因为这种时候,猫只能忍受着。只要忍耐下去就有吃的了,猫已经学会了这一点。事情就是这个样子。"

关于这点我也同意。

"举个例子,假设有一种无限接近于我们人类的外星人存在,但是大小却是我们的一千倍的话,会怎么样呢?相反,如果是我们的千分之一大又会是什么样的呢? 我们是用自己的度量单位来进行测量的,可这些度量单位只在地球上适用。我们如何能和只有自己千分之一大小的对象交谈呢?时间也是这样。一天、一小时、一分、一秒,这些时间单位都是以我们的身体和地球为基准制定出来的。如果地球上的一千年只相当于对方的一秒钟的话,那么他一出现在地球上就会死掉吧。反之,如果我们遇到的是将地球上的一秒钟当作自己的一百年的种族,那么他们肯定一出现就化为尘土了。

"所以说,我们绝对是碰不到他们的。"前辈说,"即使和他们相遇了,也没有办法充分理解彼此的意思,百分之百做不到。"

接下来他又对我说:"就连我们俩都没有办法做到百分之百的互相理解。"

——是啊,没有办法,我这样想。

我进而想到这其中也有时间的问题。我和前辈虽然在同一个地球上共用着同一套时间标准,但是前辈体内和我体内感知到的时间却是不同的。因为时间的流转是具有非常大的主观性的。此刻,我正用这样的速度生存着,而前辈则有可能活得比我快得多,又或者是以一种异常缓慢的速度生存着。

我的一秒钟,别人的一秒钟,两者一定是截然不同的。

以此类推,听到的声音、闻到的味道、摸起来的手感大概都是不一样的吧。

经这么一想,前辈看起来简直越来越像外星人了。接下来我马上又意识到,自己才是更加丑陋、衰老、扭曲、性情古怪的外星人。

别人都不会去想这些事吧,大家都那么相信自己的感觉。

前辈接着又若有所思地说道:"不过啊……这样说来……绝对不可能碰到外星人这种话,大家不都这么说吗?你这家伙,真是没什么想象力。"

"可是,只有那些才算是想象力吗?"前辈突然有些生气地说,"金星人也好,巨蟹座系的外星人也好,或者是其他什么星的人都好。他们全都和我们一样说着相同的语言,也和我们一样吃、喝、拉、撒、睡。这样的想法到底哪里有想象力了呢?如果满脑子都是这种白痴一样的想法还说是有想象力的话,那我的幻想真是破灭了。

"无论是电影里用特效做出来的外星人,还是科幻小说中描写的外星人,虽然样貌各有各的奇怪,但是这一点都是相同的。"不知为何前辈有些愤慨地说。

"不过,就算是语言无法相通,身体结构与我们不同,将空气的振动作为声音来识别、将光的反射作为视觉影像来捕捉的这种基本构造应该是相同的吧?如果他们是将空气的振动作为视觉影像来识别、将光的反射作为听觉来捕捉的话,仅凭这一点世界就会整个翻转过来吧。"

世界,翻转。

世界如果翻转过来了,岂不是就变得和我一样了?可前辈却说,如果这世界天翻地覆般颠倒了,我们必定将无法互相了解和沟通。

"我们甚至连彼此的存在都察觉不到了。"

——可能吧,我想。

"嗯……我认为这种将可能性延伸下去的能力才可以叫作想象力。神秘与合理并不是相反的,合理的前方就是神秘。将不合理当作神秘的想法是完全错误的。相反,承认合理性就是

十万年　155

对神秘的否定——这种武断的观点也是愚蠢的。

"科学是基于实证主义原则的嘛。"他又补充道,"不过,对于人类来说还有一些东西无法被证实。不,恐怕无法证实的东西更多。比如说,有一种实验需要花一千年的时间来验证,那么我们就只能预测它的结果,想要实证是没有办法的。

"恐怕只能让千年乌龟来帮忙做这个实验了。"前辈继续笑着说道。我没有笑,只是认真地听着。

"十万年才能发生一次的自然现象,没人能观测得到。正好到了第十万年时,就算是又一次准确地发生了预想中的现象,可对于当时的人们来说只是最近发生一次两次的事,成了一种偶然的结果。一万年也是这样,没有什么太大的差别。一万年发生一次的现象可能也是有的吧。"

说罢,前辈再次抬起头向夜空望去。

"又比方说,十万年才发生一次——发生的时候只有几秒钟,这个夜空会被染成血红的颜色。不,这个没什么意思。对,换一个,我们能够看到一条非常大、非常大的鱼在天空中遨游。这种情况,无论谁看见都会以为是幻觉吧。当世的人们只看见一次就以为这是幻觉。对于他们来说,这种现象如果不是幻觉的话,那就相当神秘了。是的,变成某种神秘现象了。但是他们并不知道这有可能是源于某种自然规律。"

自然规律。

"如果是自然规律的话,那就没有办法了。十万年以前智力程度尚还低下的人类也许看见过。二十万年以前的古人也许也看见过。在那之前，也许还能看见恐龙之类的。不过，即使看见了也不知道那是什么吧。"说到这儿，前辈笑了起来，紧接着又说道，"我觉得这些听起来荒诞不经的事才是真正的想象力。所以，你所说的事我非常能理解。不过，你的想法按常理来看，恐怕是非常古怪的。"

可是说到底，所谓的常理又是什么呢？常理的定义没有固定的基准，也没有必要事事遵循常理。

"你这家伙果然是够扭曲的，不过这样也没有什么不好吧。"前辈对我说。

我没能将扭曲的自己矫正过来，虽然已经拼命隐藏了，可还是与周围格格不入。就这样，我升入了大学。身体虽然已经长成了大人的样子，可是心理与小学一年级时比起来没有任何改变。

我是颠倒着的——这种想法依然残留在我的心中。这是否说明一个人的童真无论到了什么时候都无法褪去呢，还是有什么其他的理由？抑或是我异于常人的一种证明？连我自己也不得而知。我甚至连自己的成长都没有感觉到就变成了一个大学生。除了上学可以不穿校服以外，生活上没有什么特别大的变化。

然而，我在大学里与那个女孩儿再次相遇了，就是那个能够看到鬼魂的女孩儿。

她的名字叫美纱。我们本来就是故知，现在更加亲密了。我不知道我们之间算不算是爱情，我只知道她仍旧没有什么朋友，而我也是这样，所以两个人独处的时候居多。

中学时候很普通的她，到了大学的时候变得非常清瘦，整个人显得小了许多。她爱好读书，很少听音乐，也很少能见到她吵闹或是奔跑什么的。她总是有些无精打采的，很普通，看起来一副平淡无奇的样子，简直可以说是一位平凡得有些难得的女孩儿。

我自己也没有资格说别人。不，读书对我来说连爱好都算不上，音乐也没有到根本不听的程度。我只是一个终日无所事事、浑浑噩噩、一无是处的男生。

我们还不是恋人的关系，所以称不上约会什么的，倒是经常在一起吃饭和看电影。在相处的过程中我想过和她一起，而且我相信美纱也是和我一样的。但是我们始终还是没能变成恋爱关系，两个人怎样都迈不出那一步。

说起来，其实我们两人很少交谈。

按理说，应该偶尔会谈到中学时代的回忆之类的话题，可我们并没有。我隐约觉得那对她来说似乎是一段不能触及的往事。

但是，我和美纱之间的关系绝对没有到岌岌可危的地步，如果是那样的话，我们不在一起就罢了。我们之间从一开始就没有恋爱的感觉，所以分手什么的也就无从谈起了。

总之，我们之间只是缺乏一些情绪互动的东西，但是关系还是很好的。或许在旁人看来，我们早就是一对情侣了。

但是，人多的时候我们还是会保持距离的。

"你们到什么程度了？""那种事是什么感觉啊？"偶尔也会有一些家伙来问这种有点下流的问题。对于这个话题，我既不回避也不参与，只是嘻嘻哈哈、装傻充愣，任由他们说去。一般到最后他们都会抛下一句"真是个无趣的家伙"后就草草收场了。

其实这句话说得不无道理。我对于喜欢还是讨厌、男女感情、抱了还是睡了之类的事没什么兴趣。可是说完全不感兴趣又觉得不太对。说到底我还是不了解自己，所以无法对那些事情热衷或是痴迷起来。

我经常看着照理来说看不见的自己的后脑勺。

是的，虽然看不见，但是我经常看着。因此妄动、冲动、情动、欲动以及基于这些的一切行为对我来说都是困难的。

看起来，我终于醒了。

有的人说，这世界上一切的行为都源于性冲动，还有许多人倾向于将一切事物的本质还原到性的角度。可是我却觉得人被性所左右是非常滑稽的，尽管我认为有这样的瞬间也是正常的。

那一天……

我和美纱一起去看朋友所在的业余话剧团表演的先锋派

戏剧。准确地说,是被人强迫着买了两张票。观看一场充斥着半裸的男女、冗长的台词、古怪的动作的表演之后,我们又被邀请去参加结束后的庆功酒会。对于这种失去控制的狂热气氛,我们两个人实在是很为难。不是因为我不会喝酒,只是我真的不太擅长应付这种大声吵闹的场合,美纱也是这样。最终我们还是中途从酒馆里跑了出来,为了醒酒稍微散了一会儿步,然后来到公园的长椅上坐了下来。

抬头望去,那里是漫天的星斗。

我们两个人的时间流动的快慢速度大概是不同的。

"你想吻我吗?"美纱这样问我。我一瞬间被惊得不知如何回答,只是呆呆地看着美纱小巧的脸庞。

"我……已经看不到那些了。"

"看不到什么了?"

"鬼魂。"美纱答道,"你还记得吧?我以前是个通灵女,那时候大家都劝我去医院看看。"

"哦。"她问得太突然,我只好这么模模糊糊地回答道。

"别人都躲得我远远的,都讨厌我,你还记得吗?"

"我并没有讨厌你。"我对她说。

"可你明明也没有喜欢我啊。"美纱用毫无起伏的语调说。

"你也觉得我很恶心吧,山根君?觉得我很古怪,对吗?"美纱这样问完后没等我回答,接着自己又说,"实际上真的很奇怪。能看见什么,不能看见什么,现在连我自己也不清楚了。"

"不是能看见吗?"

"怎么说呢……"美纱有些微醺。

"现在我能看见山根君,能看见这个公园,能看见这里的树,能看见天空中有一些星星。但是我能看见的东西真的在那里吗?我不太确定。能看见的东西就真的存在吗?我会这样想。"

"那只是我们自己主观的执念而已。"我对她说,"只是我们自以为自己见到而已,我也是。"

"是那样吗?"

是的,我一直没有将这件事说出口。

"高中时我上的是私立学校,班上没有一个同一所初中的同学,所以我就装作看不到那些东西的样子。可那也不过是我自以为的而已,以为自己能够对那些东西视而不见了。实际上,到底能够看见什么我已经完全不记得了。也就是说,已经恢复正常了。"美纱说道。

正常?

"你以前不是问过我吗?你都能看到些什么?你在看什么?那些东西看起来是什么样子的?"

"我就是想知道那些你能看见而我却看不见的东西是什么。"

"我能看到的东西和山根君能看到的一样,不存在的东西,

十万年　161

我也看不见。"

"所以说，现在已经恢复正常了。"美纱又重复了一遍，然后紧紧地抱住了我。我被一个娇小的女孩儿从旁边紧紧地抱住了，她的胳膊纤细，秀发中隐隐地散发出一种香气。我不知道那是什么味道。

我突然觉得美纱真的是楚楚可怜，不由得伸出左手抚摸着她的头。可是我这么做到底是为了向她表达些什么呢？我自己也不太清楚。我能回想起来的只有这些了。

她所说的"正常"是什么意思呢？

起码我不是正常的，肯定不是，我大概还是颠倒着的。

也不知道就这样过了多久。我想大约过了十分钟吧，对于美纱来说又过了多久呢？

美纱坐直了身体，然后把脸转向了我。可我不知道在这种情形下应该如何回应，只好将目光转向别处。

"你还是不相信我吧？还以为我是一个能够看见鬼魂的女人？"

"不是的。"并不是这样，可是这说不通啊。

"我……是不是很奇怪啊？"

我对她说即使奇怪也没什么大不了的，可她却说我这是在同情她。

"你是不是觉得我精神不正常，很吓人？"

"没有，没有，你别哭啊。"

我和她说这没有什么奇怪的，很正常。美纱只是低着头，喃喃自语道："我看不见他们了，什么都看不见了，鬼魂之类的……"

本来也没有嘛。

是的，这世上根本就没有什么鬼魂。虽然不存在，但还是可以被看到的吧？

"认为不存在的东西就无法被看到是我们的主观认知。"

"什么？"

"就像认为存在的东西就一定可以被看见一样，都是我们的主观认知。"

我想用你的眼睛来看看这个世界。对于"我就是我自己"还有"我只是我自己"这两件事，我无论如何都无法理解。我实在无法忍受只能用自己的眼睛来观察世界。我好想用一双能看见鬼魂的眼睛来看看它。

"你真是什么都不懂。"美纱说。

是的，我什么都不懂。我没办法弄得懂。连我自己的事也是，首先左和右我就没搞清楚。

"奇怪的是我自己。"我这样说道。

"是啊，你真奇怪。"美纱用左手的指甲轻轻擦着眼角的泪水，然后仿佛躲避似的挪开了自己的身体。

"山根君，你很奇怪。"

"是的，我很奇怪。我一直都是这样奇怪。"

这番对话简直就像是我们刚才观看的滑稽剧一样，让我想起了先锋艺术剧团那拙劣的表演。我感觉到身后盯着我后脑勺看的自己正在嘲笑着。你是白痴吗？是的，我是。如果我能看见你说的话，如果我能听到你的脸。

——世界一定天翻地覆，乾坤倒转。

也许这样一来我们就能够相互沟通了。

沉默在我们中间持续了很久。美纱稍稍挪动了一下腰身，一直挪到了长椅的另一端，然后对我说了声："对不起。"

她接着说道："我一直以为你很讨厌我。"

"怎么会呢？"

"你明明一直都知道这些事，可却什么也不说。我还以为你在故意戏弄我呢。"

"戏弄？"

"是啊，我又不知道山根君在想什么。"美纱说，"对不起，我喝醉了。"

"你用不着道歉的。"

"说实话……"

说实话，你还是能看见的，对吧？

美纱停在那里没有继续说下去，只是又对我说了一遍"对不起"，然后问道，"这样反而会被讨厌吧？"

"喜欢还是讨厌，我也不知道。"这种情况下，我应该说喜欢的吧，我马上反应过来。没想到美纱却说："你说得对。"

"其实这些都无所谓的,对吧?"

"是啊,你说得对。"她附和着我。

她对我说鬼魂——原来是长着鱼一样的形状。

"鱼?"

"是啊,不是鲤鱼,也不是鲷鱼,像是肺鱼那样,黏糊糊、滑溜溜的感觉。"

"长得……像肺鱼一样?"

"是的。"

"可是你如何断定那就是鬼魂呢?"

"因为他们游的地方没有水。"

"他们游在空中?"

"不,他们就在那里,"美纱说,"基本上一动也不动。长着一张鱼的脸,却像是人一样,看起来就是一个人。行动非常缓慢,看起来很恶心。如果不小心碰到的话还很疼。"

还会碰到?

"难以置信吧?我一定是得了神经病。"美纱接着又说,"中学的时候,我曾经想过他们之所以总在我周围,可能就是因为我能够看见他们。那些看不到他们的人,是因为还没有这种能力。不这样想的话,我实在是没有办法理解。但是,事情似乎并不是这样。那些鬼魂只有我能够看得到,也就是说只是幻觉而已。

"我已经把他们当成是自己的幻觉了。如果那不是我的幻

十万年　165

觉的话,那么我一定是疯了。"

"你没有疯。"

"怎么可能呢?"

"不,那些不是幻觉,你也没有疯。只是你对事物的看法不同而已。"

我,很想借用你的双眼来看这世界。

"你现在已经看不见他们了吗?"

"看得到还是看不到,我自己也不清楚。"

我把自己的手轻轻搭在美纱的肩膀上,然后站起身来,抬头望向天空。美纱依旧安静地坐在长椅上,微微地抬起头和我一样仰望着星空。

夜空黑沉沉的,漫天的繁星也都藏了起来。

我试图去想象天空中鱼在遨游的样子,却无法在脑海中完美地勾勒出来那幅画面,看来我真的缺乏想象力。

我不禁想到,自己还是没有改变,还是扭曲着的。

正在这个时候……

广袤的夜空中,突然出现了无数条巨大的令人难以置信的鱼。

这种神奇的景象仅仅持续了两秒钟。

"终于到了第十万年。"我如释重负般说道。

不知道的事

"隔壁的老头子今天有些奇怪啊。"哥哥对我说,"绝对有问题,我今天还看到他站在路边上哭呢。他的哭可不是那种眼圈闪着泪光或者是低头啜泣,他就像个幼儿园小孩儿一样站在那里哇哇大哭。他张着大嘴,站在路边上大哭,路过的人都装作没看见。"

"是吗?"我简单应和道,并不觉得有什么特别之处。邻居家的一家之主年纪在五十岁左右,从外貌上来看就是一位极为普通的先生,经常有些异于常人的奇怪举动。他的怪异,我早就领教过了。

"看起来真够瘆人的,对吧?"哥哥想要得到我的肯定。

"嗯。"这次我回答得更加敷衍。

"什么呀,反应这么冷淡。"

"我对这些没什么兴趣。"

"这年头,邻居可是恐怖得很。"哥哥说,"神经错乱的人很多,你小心被他们杀了。"

"也不是最近才有的吧,很久以前这种人就很多了,这样的事件多得数也数不清。犯罪率稍有上升,所谓的有识之士们就开始煞有介事地谈论起犯罪倾向什么的。其实从长远来看,这点变化仍属于误差的范畴之内,没什么太大变化。'神经错乱'这种听起来脑子有问题的词也是最近才开始被使用的吧。"

"嗯,可能以前有其他的叫法,现在电视上不用了。"

"以后连'神经错乱'这种词也会被禁用的。用'正常'和'异常'来区分人,这本身就是一种歧视。而且就算哥哥说的是真的,现在这世道……"

"和邻居比起来,自己的家人恐怕更恐怖一些吧。"我又接着说道。

"我又不会伤害你,连想都没想过。虽说这是再正常不过的事。"

"面对着如此有魅力的妹妹却没有那种念头的哥哥难道还不是异常吗?"我开玩笑说。

"哼,自己说自己有魅力的家伙才不正常呢。"

"因为找不到工作就光天化日在大街上无所事事地闲逛,观察邻居大叔的一举一动后还回来向自己妹妹报告的男人,恐怕会被世人打上'社会不适应者'的烙印哦。"

"喂!说来说去还是我疯了是吧?"哥哥说完后走进厨房,打开了冰箱,不知为何倒了一杯牛奶之后一饮而尽。我问他是否看了保质期,哥哥马上用奇怪的声音高声说道:"啊?这个

不知道的事

放了很久吗？已经坏了的东西就别放进冰箱里啊！"

"我没说坏了啊，只是说有可能。"

"那还不是一样吗？冰箱里就应该只放新鲜的东西才对。"

"妈妈之前还一边絮絮叨叨地说买回来之后谁也不喝，一边把牛奶倒掉了。真是浪费。谁让你想起来才喝的。"

"我就是突然想喝了嘛。"哥哥又打开了冰箱，伸着脖子去看牛奶盒上的日期。"哦，是昨天哪。昨天，勉强可以吧？"

"我怎么知道，你喝的时候感觉不出来吗？坏了的话会有股怪味儿的。就算是还没过保质期，一直开口放在那里肯定也坏了。随便你，我不管了。你也看见了，我正看论文的资料呢，我可没有时间陪家里蹲的哥哥玩。"

"家里蹲也是赤裸裸的歧视！歧视！"哥哥横躺进沙发里。

"我感觉肚子好像有点痛。"他又说。

"哪有这么快？"

"我这么年轻，新陈代谢肯定也快啊。"

"真是个脑子不太灵光的哥哥啊。"我无奈地说道，随后把资料贴上了便签，合了起来。实在是没有办法集中注意力。

"你说的是怎么回事啊，中原先生哭了是吧？"我问道。

中原就是哥哥口中所说的隔壁的老头子，全名好像叫中原光次。不过听哥哥说，他的名字还有其他同字不同音的叫法。

"听起来还是很了不起的名字呢，虽然今天哭得有些丢人。之前我还看见他在地上爬来爬去，手里提着昆虫箱，好像是在捕捉什么虫子。可那里哪有什么虫子啊,地面都是沥青的。"

"但是作为中原观察员的我,真是盼望他能有一些更刺激、更有冲击力的行为呢。"哥哥又开始说一些不着边际的话。

"看来我的哥哥不但脑子不灵光,心肠也不怎么好呢。"我只好这样说他。

中原先生的荒诞行为如果再升级的话,就不只是癫狂那么简单了。再继续发展下去的话肯定会干扰别人的正常生活,成为一个令人头痛的问题。一旦那样的话,这一片的居民也就不得不有所行动了。最初的异常事件发生在今年夏天……

我家和中原家的中间有一个小小的院子。那个院子不是我家的,是他家的。一天晚上,从那个院子的方向传来了人的话语声。那时妈妈已经睡下了,我和哥哥正在看电视。我依稀记得时间应该是刚过午夜十二点半。

有人正在交谈,在院子里。不知道谁和谁在那里。对话的内容我没能听见,只记得他们的声音听起来时而慷慨激昂,时而像是在甜蜜地耳语。真是一段跌宕起伏的对话。我最初以为可能是情侣在争风吃醋吵架,再仔细听听,无论如何都像是故意演戏似的,虚假得很。其中还夹杂着婴儿那种咿咿呀呀、口齿不清的话语。

虽然我们与隔壁一家平日里没什么接触,可是他家里都有什么人我还是知道的。他家应该是中年夫妇俩和老爷子一共三口人。孩子大概已经从家里独立出去自己生活了。之所以用

不知道的事

"大概"这个词,是因为附近的住户与他们家都没有什么交往,实在是没有人知道内情。总之,他的家里是没有年轻人和小孩子的。

说起来,这事如果发生在公园里的话还可以理解,因为那声音听起来并不像是从住宅区狭小的庭院传过来的。的确,根据风向和遮挡物的情况不同,是有可能听见从意想不到的方向传来的声音的,可事情并不是这样。我也绝对没有幻听,我甚至能听到他们说话时的气息声。

这时候,我决定走过去看看。我出了正门,站在房子侧面的小平台上手扒着篱笆向旁边望去。

旁边狭小的庭院被几乎未经修剪的低矮树丛环绕着,微弱的月光与街灯的光亮在那里交织在一起,中原光次一个人伫立在院子的正中间。

老实说,我那个时候真的被眼前的情景吓了一大跳,可能还轻微地尖叫了一声。

中原光次身上穿着西装,领带已经旧得变形了,勉强歪歪扭扭地系在脖子上。不过,他脚上没有穿鞋和袜子。他站在那里,面朝着我家的方向,身体保持着立正的姿势——一个人站在那里说着什么。

他的样子看起来不像是在与一个看不见的人说话,而是一个人自编自演着好几个不同的角色。

难道他是一个人在练习落语[1]吗？我在心里嘀咕着。人啊，是没办法轻易从自己所知的常识和常理中脱离出来的。即使目睹着非常识、非常理的场面，首先想到的也是尽量在自己可接受的范围内去理解。

现在又不是各种宴会的旺季，练习这个又能去哪里表演呢？刚开始我这样想着，紧接着马上就改变了自己的想法。

隔壁那家的老爷子嘴里说的——不是日语。

不，那也不是什么外语，甚至连人语都不是。在我听来就是"咩——咩——"的声音。他说起话来抑扬顿挫，还不停变换着嗓音、声调，扮演出仿佛有好几个人在交谈的样子，但是说话的内容让人完全听不懂。不，与其说是听不懂，还不如说本来就没什么内容。

与嘴上的热情表演截然相反，光脚的大叔面无表情，直挺挺地站在那里一动也不动。

别说是问他在干什么了，就连说句话我都不敢。比我晚些走出来的哥哥悄悄地对我说千万别和他对上眼，可即便是我想，恐怕也没有办法办到。因为中原的目光呆滞，眼睛的焦点正聚集在矮树丛和围墙中间的位置。

这种毫无内容的自编自演一直持续到了天亮，我和哥哥都是整夜未眠。

---

[1] 日本大众曲艺之一，与中国的传统单口相声非常相似。

不知道的事　　173

第二天早晨，我和哥哥起床之后把昨晚隔壁发生的怪事一五一十地告诉了妈妈，没想到她根本不信。妈妈就是一般意义上的普通人，这种稀奇古怪的故事完全超出了她的理解范围。

　　什么邻居看起来不太和善啊，垃圾扔得乱七八糟啊，平时经常这样抱怨的妈妈，现在却说："你们是不是看错了？或许有其他原因吧？"竟然开始卖力地为邻居辩解起来了。其实，与其说妈妈是在为邻居辩解，我觉得她更多是为了维护自己平静而简单的日常生活。

　　不过，接下来目睹到中原的怪异行径的不是别人，正是妈妈。

　　邻居家的墙是非常普通的砖墙，门口没有门扇，只有两根挂着门牌和信箱的石柱分立在左右两侧。在其中一根石柱上面，中原光次以立正的姿势站立着。

　　大概是他站在院中"咩——咩——"怪叫的十天之后，听说这次是发生在大白天，很多人都看见了。路过邻居家门前的人几乎都看见了，但大家都只是快步走过，所以没有人准确知道中原到底这样站立了多久。

　　妈妈在家附近的药店里打工，每天早晨六点半左右出门。那天的那个时间，邻居已经一动不动地站在柱子上了。妈妈好像真的被吓得不轻。尽管如此，妈妈还是选择了视而不见，就那么走开了。

"看错了吧？或许有别的原因吧？"妈妈果然还是这么觉得的。

令人意想不到的是，这种被妈妈牢牢守护着的日常生活，仅仅在几个小时之后就被惊得支离破碎。午休时回家吃饭的妈妈这次真的震惊了，甚至感觉到了深深的恐怖。

中原光次还是像早晨一样的姿势站在那里。听了妈妈的讲述后，待在家里无所事事的哥哥似乎是想去见识一下邻居的怪异行为。非常幸运，从我家的正门望去，正好可以看见他的身影。接下来，我的哥哥，哪里是见识一下，简直是目不转睛地盯着邻居家大叔的后脑勺看。哥哥想要看见他下来的样子，结果这一看就站在门口一直待到了太阳下山。

那天下午，我正在研究室里整理资料。我的手机每隔一个小时就会收到一张隔壁大叔的照片，到了五点一共收到了五张。"老头儿爬下来啦。"我收到这个短信时已经是六点以后了。

听说中原光次从柱子上爬下来时大叫了一声"好！"，也不知道是在给自己鼓劲还是在回答什么。

从那之后，妈妈就开始用限制级的词语来称呼他了。我想她可能是不知道有"神经错乱"这个词，不过其他更文雅的说法还是很多的。

也是从那之后，邻居的疯癫变得一发不可收拾。比如，端坐在车站前面的交通环岛上，在自己家院墙上一个接着一个写着平假名的"も"字，类似这种事多得不胜枚举。顺便说一

不知道的事 **175**

句,"も"字是用油漆写的,至今还留在墙上。

最让我们一家人受不了的是初秋时发生的恶臭骚动。虽说是骚动,可骚动的只是我们一家人而已,不过那件事真是让人无法忘记。

那时候夏天刚刚抽身离去,秋风不仅送来了凉爽,还送来了一股难闻的味道。刚开始的时候只是偶尔能闻到的程度,后来这臭味就变成了家里的常客了。

于是乎,我们全家人把怀疑的矛头指向了邻居。

我从第一次观察到异状的位置向邻居家的院子望去,当场被惊得瞠目结舌。

以前经常听别人说"瞠目结舌"这个词,但那一次我才算是真正明白了它的含义。我当场哑口无言的同时,连呼吸也停止了,从这个意义上来说真的是"结舌"了。

院子里被污秽物……算了,更直接点说吧,他家的院子满满地覆盖着大便。

不过我看见的不只是污秽物,正当我打算走近前去一探究竟时……

我简直不敢相信自己的眼睛。邻居家的老爷子屈身蹲在院子中间,正在排泄。

和那天晚上一样,他这次仍旧身着西装,系着和上次相同的领带。我没去看他的脚下,因为根本就看不见。中原光次此时几乎已经和我四目相对——不,即便没有与我对视,他也不可能不注意到已经从正面露出了脸的我，可是他仍没有停下来的意思。

　　总不能就这么继续看着面无表情的邻居排便吧？现在的我肯定是这样想的，可当时的我已经呆若木鸡，竟然就那样一直看到了最后。尽管如此，我能记住的只有他那张面无表情的脸和难以忍受的臭味。

　　中原拉完屎后站了起来，而此刻我也终于回过神来，又开始恢复了正常的呼吸。太刺鼻了。

　　妈妈吵着说要报警。直接目睹了那一切的我比任何人都理解妈妈的心情。可是想都不用想，这种事既不属于刑事案件，也不是什么民事案件，甚至连违反条例都算不上。

　　没有一条法律能给在自己家院子里拉屎的人定罪。之前的所有怪异行为虽然是够荒唐的，可毕竟不是犯罪。他没有针对某个特定的个人进行骚扰，也没有对非特定人群造成困扰。由于我家是紧挨着的，情况比较特殊一点，可是也没有办法将问题上升到法律层面去。

　　妈妈去找了同样与他家紧挨着的另一家人商量，商量的结果就是去向民生委员会反映此事。我们这片的民生委员会委员是一位年过六十的退休教师，她是个正义感非常强的老太太。当然，她对于中原的可疑举动也早有所耳闻，于是毅然决然并义愤填膺地冲到了他的家里。

　　后来……

不知道的事　　177

民生委员好像直接和中原光次本人对话了。听说中原被吓得跪在地上叩头谢罪。似乎根本就没有等到民生委员严词厉色的抗议,刚听到门铃响他就老老实实地做好道歉的准备了。门铃的通话器刚一打开,我们的奇人就开始连呼抱歉了。

这哪里是正常,简直是正经了。看来他已经意识到了自己行为的荒唐,除此之外我想不到别的原因。

到了第二天,院子里的脏东西就被清理得干干净净了。也就是说,中原还没有疯到与别人无法交流的程度。或许他只是偶尔精神出现异常,进而导致在一瞬间将所有常识都抛到了九霄云外——是这样吧?

我只能这样想了。他能和人正常交流的话,应该就没什么大事。和能与人沟通的怪人比起来,无法沟通的普通人要难对付得多,我是这样认为的。

实际上,无论怎么说就是听不明白话的人也有,而且还很多,遇到这种人我只能举手投降。

从那之后,我渐渐变得对邻居家的大叔不那么关注了。

哪条街上都多多少少有几个怪人。对这种人既不排除也不隔离,反而是接受他们作为社会共同体的一员并与之共生下去,这种体系应该是从很久之前就已经存在于这个古老的国家了。

不过,哥哥并不这样觉得,他开始热衷于观察邻居家,观察那位大叔。

"即便如此，我也要看看。"这是哥哥的原话。

"你说得没错，家人的确是够可怕的。听说最近发生的案件里，神经错乱的人最先伤害的就是生活在自己身边的家人。"哥哥又补充道。

怎么又扯到那儿去了？——我心想。

哥哥仍然在怀疑，怀疑中原会对自己的家人下手。

可是隔壁家无论如何都不像有其他人住在那里的样子。中原家里应该还有他的妻子和父亲，所以至少应该有三口人。但是回想一下，我从来没有见到过他们。不过倒也正常，我本来就不知道他们长什么样子。

我们一家人已经在这里住了十五年，从我和哥哥上小学起就在这里了。记得我们家的房子盖起来之前邻居家就在那儿，所以我们搬到这里时他们一家人应该已经在旁边住了很久了。也就是说在过去的十五年里，我们一次也没有见到过隔壁的邻居。

不，或许我们刚刚搬到这儿去他家打招呼的时候见过一面？那个时候爸爸还在世，年幼的我躲在爸爸的背后，偷偷地看过另外两人的脸？不，还是没见过，那时候出来的只有老爷子一个。我是从妈妈口中得知他家有三口人的，并没有亲眼得见。

哥哥对我说："我已经观察半年了。在这半年的时间里，他的家人一次都没有外出过。"

不知道的事

"另外，他们也没有上厕所和洗澡的迹象。"他接着说道。

"上厕所和洗澡？难不成你是二十四小时不间断地盯着吗？你简直就是个偷窥狂啊！"

"偷窥了又怎么样？告诉你吧，侦探做的事大体上都是偷窥行为。"

"可你又不是什么侦探……"

"不许说我是家里蹲。"哥哥抢先堵住了我的嘴，"不许你用这种含义暧昧不清的流行语来定义别人。"

"就在前年的时候，你不还用'自由职业者'这种暧昧不清的流行词来定义自己吗？哥哥就是因为总这样翻手云覆手雨的才会被女朋友甩了的。无论说什么听起来都像是借口。"

"多么尖酸刻薄的妹妹啊。"哥哥嘟囔着，"接着说刚才的话题，如果邻居家发生了凶杀案的话……"

"不是我说你，杀人这种事可不能随便乱说的，小心人家告你侵犯名誉。"

"谁告我？站在路边哭鼻子的大叔吗？"

"站在路边哭鼻子也好，蹲在院子里大便也罢。人有必须争取的权利，也有不可侵犯的名誉。说起来，从你观察人家的时候开始就已经违法了。"

"我说的观察就是一般范围内的，这点常识我还是有的。"

"偷看别人洗澡就是犯法啊。"

"才没有呢，我怎么会去偷看老人洗澡。你想想看，要是有人去洗澡的话，浴室里的灯总会亮吧？"

"也许人家是白天去洗的呢？"

"谁会在大白天里洗澡呢？这种情况也太少了。而且，从我房间的窗户可以看到他家浴室的天花板。不管是关着灯进去的，还是大白天里进去的，我都没看到过有水蒸气冒出来。再说了，他们就不出去买东西吗？也不出来看看自己家的信箱？"

"万一人家是在你不注意的时候出去买东西和看信箱的呢？我反倒感觉哥哥你有些变态了呢。"

"这回我又成变态了是吧？"哥哥有些生气，躺在床上接着说，"反正我就是觉得旁边那家只有那老头儿自己，因为根本就没有任何生活气息。再说那老头儿身上穿的那件西装吧，从半年前就一直穿着，从来也没看他送去洗衣店洗过。衬衫的袖子和领子黑油油的，领带看起来像抹布一样。如果他妻子在的话是不可能允许他这样的。他哪里是无衣可换，简直就和无家可归的流浪汉没什么区别了。"

"你这样说的话对无家可归的人也未免太不尊重了吧。"我打趣道，"无家可归的人也不都是肮脏不堪的，有钱人也有无家可归的，每个人都各不相同。"

"好吧，那我换个说法。隔壁的老头子已经半年没洗澡了，也没换过衣服。那么和他住在一起的家人会怎么样呢？"

会离开那所房子的，对吧？又或许，他们从最开始就不在那里吧，我突然间这么想。我家旁边的那所房子里，也许从

不知道的事　　**181**

一开始就只有中原光次自己住在那儿。

"说起来,中原先生是做什么工作的呢?"我问哥哥,"你连人家的浴室都检查过了,这个当然也知道吧?"

"他怎么可能会有工作啊?"哥哥答道。

"没有吗?"

"你觉得一个有正常工作的老头子会平日里在柱子上站一整天吗?找遍整个日本,哪里有那种半年不换衣服、不洗澡也可以去上班还不被别人责骂的工作?对于老头子来说,仅仅是身上有老人臭就足以被千夫所指了。"

说的也是,那么……

"他是什么时候离职的呢?"

"我估计他在大半夜里咩咩叫的那个时期就已经不去上班了吧?"

"那之前——一直在上班吗?"

"可能吧?在那件事之后就被公司开除了的话也没什么稀奇的。"

"是啊,这样说来他就是个普通的上班族吧?一定是这样的。"

"嗯,反正看起来不像是卖菜的或者黑社会。"哥哥从床上将身子挺了起来,接着又说道,"看起来也不像是教师或者警察。"

"多么狭隘的职业观啊,不过……"

他到底是干什么的呢——不对，应该说他以前到底是干什么的呢？

　　仔细想想的话，我对于中原光次本人和中原家的事一无所知。之前也没有想要去了解，甚至连自己对他们一无所知这件事本身都毫无察觉。当然这并不是说我现在就想去了解这些了。

　　妈妈应该知道这些事吧。想到这儿我对哥哥说："要不咱们去问问妈妈吧？"

　　"怎么啦？看起来你才更关心这件事啊。没错的，他现在肯定是赋闲在家。"

　　他现在是怎么样的，说实话，我一点都不关心，我是这样想的。我对在自己家旁边住了十五年的邻居竟然一无所知。

　　"邻居"这个概念，是由家庭这一文化框架和建筑这一具体实物共同规定出来的吧。如果将这些要素抽离出来……比如将建筑物，也就是我们的房子拆掉的话，那么我睡觉的地方就会和邻居变得很近。我的房间在一楼，紧挨着中原家，床摆在靠墙的位置。我房间正对着的是妈妈的卧室，哥哥住在二楼。如果没有墙隔着的话，我和邻居的距离也就是咫尺之间，恐怕比妈妈和哥哥要近得多。

　　如果忽略掉建筑物，只用坐标来标示位置的话，我的坐标与家里人相比，肯定是离中原家更近一些。如果再将家庭这一框架也破除了的话，我恐怕就要被归类到邻居的范畴里了。

不知道的事　　183

是的，假如我家的墙是透明的话，我只要躺在床上就可以看见奇怪大叔的睡相。他，应该就躺在我的旁边。在我触手可及的地方，中原光次呼呼大睡着。

过去十五年的每一天里，他就这样睡在我的旁边，日复一日。尽管如此，我对他依然一无所知。因为我们中间隔着一堵墙，因为我们不在同一屋檐下，因为我们不是一家人。因此，我将一个酣睡在我卧榻之侧的人当作从未存在过一样，从我的人生之中彻底驱逐出去了。我完全忽视了他的存在。如果中原光次没有变得疯疯癫癫的话，我可能至今，不，可能在未来也永远意识不到他的存在。

我不了解中原光次，连他说话的方式、声音都不知道。我能记起来的，就是他发出的"咩——咩——"的奇怪声音和拉出来的恶臭粪便——不，不仅仅是这些。

我对于这个养育了自己的小镇又知道多少呢？小学、初中、高中，我住在这里，现在上了大学，我依然还在这里。尽管如此，我还是什么都不知道。这里发生的大部分事情我肯定都不知道，不单单是自己的邻居。一切的一切，我都不知道吧？

我真的是生于此长于此吗？我的往昔始于何处？我的现在又停留在哪里？我满脑子里都是这些胡思乱想。我真是个傻子，我的现在就在这里。此时此刻身处此地的我，就是现在的我。

"我……还是感觉肚子有点疼啊。"哥哥说。

"是你的心理作用吧,我都说了好几遍了,哪有那么快?"

"不快啦,我喝完牛奶都快一个小时了。"

啊?真的吗?

现在几点了呢?我连现在是几点都不知道,一切都乱了。

"那杯牛奶好像是有点难喝,不会是真坏了吧?"

"你是不是着凉了?"

"可能吧,最近天气是挺冷的。"

原来天气还是很冷的。

"糟糕,我可能要占领一会儿厕所啦。"

哥哥这样说完后离开了沙发,然后故意用手捂着屁股,以这样一种不雅的姿势向走廊走去。

哎?等等,厕所是那个方向吗?

我这是怎么了?脑子混乱了吗?连家里的格局都记不起来了,我真的在这里住了十五年?

我又翻开了论文资料,举止轻浮、一无是处的哥哥不在身边,我一定能够集中精神了。今天之内如果不能把提纲定下来,论文就来不及了。我要写什么论文来着?

"我在说什么呢?"我难得地自言自语道。

我的思绪有些混乱,没有任何感情,没有任何记忆,这种懵懵懂懂的感觉到底是怎么回事?

突然,中原光次闯进了我的脑海里。那个肮脏的男人穿

不知道的事

着污秽不堪的西装，系着皱皱巴巴的领带，衬衫上满是污渍。他一会儿呜呜哭着，一会儿又"咩——咩——"叫着，一会儿又开始排泄了。

而我，并没有觉得他怎么样，也不觉得他很恶心。

我的理想是做一名心理医生，这次写的论文内容就是关于重度行为障碍[1]的……

对啊，我的论文！

明天之前我必须做好论文的准备工作，筛选出对自己有用的资料。我该怎么办呢？说怎么办，还不就是赶紧把论文写出来交给副教授嘛。可是交上去了又能怎么样呢？

"不行啊。"我又一次喃喃自语后，把手头所有资料胡乱地整理了一下，然后又保存了一下打开的文件，最后关闭了电脑的电源。我想回自己的房间，因为感觉有些疲倦。这是为什么呢，刚才明明还很精神的。哥哥是不是还待在厕所里啊？接下来——我的房间在哪儿啊？走廊里黑漆漆的。太糟糕了。

我在说什么呢？我的房间就在隔壁中原先生的家里。中原先生是谁呢？对了，就是那个脏兮兮的、疯疯癫癫的、不正常的家伙。那个神经错乱的、疯狂的大叔。我怎么可以这么说呢？这可是歧视性的语言。从根本上说，我觉得把人区分为"正常"和"异常"这件事本身就是一种歧视。谁？谁觉得？我

---

[1] 指患者对人或物进行伤害，并且伴随着程度剧烈、频率显著的强迫性和多动性行为，在一般家庭难以生活和被抚养的状态。

哪知道这些，而且这些事现在已经无所谓了吧？我现在需要想的是自己的房间在哪里——嗯？

我摇了摇头，接着开始一遍又一遍地摇着头，摇到了头晕目眩的程度。奇怪，奇怪，奇怪，我真的非常奇怪。我为什么非得想这些呢？为什么从客厅回到卧室这么简单的事情都必须费心去想呢？根本没有这个必要吧？十五年来……日复一日……我就在那里……那个房间的床上……中原光次的旁边……睡着吧？

中原的职业是什么？他是干什么的呢？

正因如此，那个男人才会端坐在车站前面，才会在墙上写"も"字，才会在院子里排泄。睡在你隔壁的那个中年男人，永远永远，都穿着同样一套西装，系着同一条领带，穿着同一件衬衫。他不穿鞋，也不洗澡，就这么过了十五年。在你睡着的时候，在你的旁边近在咫尺的地方，那个脏兮兮、臭烘烘、疯狂的邻家大叔在呼呼大睡着。这一切是多么有趣啊！

你不知道吧？我不知道。

对啦，去问问妈妈。

"喂！"哥哥说话了，"你从刚才开始就一直说着妈妈、妈妈、妈妈、妈妈……"是啊，妈妈是谁啊？你在说什么呢？难道哥哥也变得不正常了吗？

等等，哥哥不是还在厕所里吗？

"你真是什么都不知道啊！我仔细观察过了，所以清楚得

不知道的事

很。"哥哥说道,"警告你不许骂我是跟踪狂和变态啊!你自己什么都不看我才帮你看的。说起来,你这家伙,爸爸当初因为蛛网膜下腔出血昏迷不醒的时候,你也不闻不问的。虽然在家里护理病人是非常辛苦的事,可是不能让爸爸长时间住在医院里啊。医生说无法治愈的病人不能被安排住在医院里,可以转去专门的护理机构,但是费用很高。我听到这话之后真是两眼一黑,妈妈也是哭天抢地,我们都不安极了。这些事你都不知道吧?"

我真的不知道,尽管我已经在这儿住了十五年。

"嗯,你连自家的房间布局都不知道的。"哥哥对我说,"妈妈她去世了。那件事虽然是一场事故,不过和被你害死的也没什么两样。她因护理爸爸而劳累过度,家里的积蓄也耗尽了,她连吃饭的钱都没有。"

在这种状态下走路怎么可能不摔倒呢?

"卡车飞速驶来时,妈妈跟跄了一下,这也是没有办法的事。不,她不是自杀,妈妈怎么会自杀呢,就是不小心跟跄了一下。 再者说,她是在买完东西回家的路上被撞的,地上一片狼藉,我以为那乳白色的液体是从被压扁的牛奶盒子中流出来的,没想到警察却对我说,那是妈妈的脑浆。

"爸爸也死了,也可以说是被你害死的。那简直就是一桩杀人案,对,就是杀人案。爷爷也死了,妻子也死了,没有人住在这里,这里没有任何生活的迹象。"

这个家里……

"你在说什么呢?"我大喊道。

哥哥疯了吗?一个仿佛是我哥哥的人在哈哈大笑着。

"你这家伙,连自己家房间的格局都不知道,还说什么住了十五年?你还说妈妈扔掉了牛奶?那是你自己妄想出来的,还是你的幻觉?"

"够了!住口!"

害得我根本没有办法集中精力,我还要赶在明天之前……我要赶在明天之前干什么来着?比起这些,这个家……究竟是谁家呢?给人感觉既没有墙壁,也没有房间。如果连墙壁都没有了的话,与其说我是这个家里的人,还不如说我是邻居家的……

邻居一家人是做什么的呢?

那个很像哥哥的人在快活地笑着,但是他的眼睛没有看我,只是盯着院墙和矮树丛中间空白的地方出神。这种空洞的眼神让人无法与之对视。他的脸上没有一丝的表情,嘴里发出"咩——咩——咩——"的声音。

接下来,他开始在走廊的墙壁上用油漆写着一个又一个"も"字。

啊,这个人真是古怪。我受不了了。这个人不是我的哥哥。但他同样是没有工作的,你看他在平日里大白天站在柱子上,当然不可能有工作了。大学毕业之后找不到工作,以这个为借

不知道的事

口在家里待着，整天无所事事。这个家里蹲、偷窥狂、变态。

那个应该是我哥哥的人发出"咩咩"的声音之后，把脸转向了我……

大叫道："我都在你的旁边睡了十五年了！"

然后又用细微的声音说道："我可没有要伤害你的意思。不会伤害你的。每天就在离你近在咫尺的地方看着你睡着的样子，已经忍耐了十五年了，我不正常。你说，我是不正常的吧？"

这个人是中原吧。我突然觉得不寒而栗，转过身去背对着那个男人在走廊里跑了起来。没错的，这边是正门的方向。如果我是在真实的建筑物里的话，这里肯定会有出口的。是的，前面就是正门口了，我已经看到门了。这时候门铃忽然响了，我拿起了话筒。

我错了，我再也不会那么做了，求您原谅我吧。你看，我也能和人正常交流了，我再也不会视而不见了。我会好好听话的。

我扭动了把手，缓缓地拉开了门。门口站着的是……眼神空洞的中原光次。

他穿着肮脏不堪的西装，里面是满是污渍的衬衫，脖子上系着皱皱巴巴的领带，以立正的姿势光着脚站在那里。

"我回来了！"他说。

"您回来啦！"我答道。

看，没有什么事是我不知道的。

恐怖的东西

说起恐怖,什么东西是恐怖的呢?

我坐在屋子的中间,被和纸滤过后的阳光柔和地照进屋里。这光线与电灯的光芒不同,让人感觉非常宁静与祥和,也使这房间稍稍有了些光亮。

从另一个角度也可以说,这屋子里是略微有些昏暗的。

不过,暗的地方真的是漆黑一片。拉门的格棂仿佛是用墨画出来的一般乌黑。

屋子的四角同样也是黑漆漆的。如果再仔细看看就会发现,那些黑色呈现出一种微妙的和谐。黑暗向房间的四角渐渐延伸着,而且颜色越来越浓重。到最后,墙角的四个点完全变成了漆黑的黑暗之点。

当我凝视着这些黑暗之点时,我觉得自己仿佛能够看到它们的尽头。当然,这是不可能的。

房间就在那些点上终结了。

不,事情果真是这样的吗?的的确确,这里墙壁是墙壁,地面是地面，柱子是柱子，榻榻米也是榻榻米。各自也都是正常用土、木头和灯芯草做成的。而被这些物体分隔、包围出来的空间就是这个房间了。这样一来，也就是说我身处的这个场所只是概念上的房间而已。实际上存在于此的是墙壁、地面、柱子和榻榻米，并没有"房间"这种东西。我眼睛可以看到的也就是墙壁、地面、柱子和榻榻米，这些实际存在的东西。

但是，这些柱子、榻榻米、墙和地面所交叉的点以及角落里那些黑暗的点又是什么呢？

墙壁从概念上来说属于"面"的范畴。墙壁和地面交接后就形成了线。因为线不过是面与面交叉后形成的概念，实际上并不存在。而那些线与线交叉后形成的点没有任何质量。真实的点不是形而下存在的。

也就是说，墙角里完全被黑暗吞噬的点似有实无。这些点虽然不是实际存在的，却能看得到。

那么……或许……

那些点会不会是连接着什么地方呢？想到这儿我不禁略微觉得有些不安。不，与其说是不安，不如说是有了一种虚幻的感觉。在我看来，安心和不安并没有太大的区别。

整个房间飘浮于一片柔和而朦胧的光芒之中，这种光景如此真实地存在于这个世界。可与此同时，如果没有微暗的阴影作为衬托的话，我们恐怕是无法看见这些的。那种认为因为有了光我们才能看见这个世界的想法是错误的。确切地说，是

恐怖的东西　　193

因为光创造出了影,我们才能看到这个世界。一切的景色都是由阴影映衬出来的。

同理,通过与"概念"这种实际上并不存在的东西叠加之后,由木头、泥土这些实物组合所间隔出来的空间才形成了真正意义上的"房间"。

也就是说,我们正是通过将这个世界上某些并不存在的景色叠加之后,才开始渐渐地认识到了外部的世界。我一直怀着在这个世界上生存下去的打算,可是实际上我同时也存在于那个世界。

人行天地间,何处不歧路。此岸即彼岸,休戚共相连。

我还活着这件事,到底谁能够证明呢?这样一想的话,其实连我都不知道自己是否还活着。

这真是恐怖至极,可与此同时又让人感觉似乎没什么可怕的。真是搞不清楚到底是哪一种感觉,因此很是不安。

连自己是生是死都不知道,这感觉真是亦幻亦真。但这和恐怖还是有一点区别的,至少不是什么可怕的事。

我把目光转向了那个拉门。上面糊的和纸是白色的,可那种白色不是单纯的白色。

和纸的纤维本身不透光,光是从纤维与纤维的间隙里透进来的。只不过这些缝隙的间隔太过微小,让人不易看出来而已。因此,那些白色是来自拉门另一侧的世界,而那些纸在我这一侧看来应该是呈现出一种昏暗的颜色的。想到这儿,我又向门上望去，那上面的颜色果然很深。只不过由于格棂是黑色的，对比之下才会让人觉得那是白色的。

在拉门的另一侧，那里是一派阳光明媚的景色。

又或许，那里什么都没有。空无一物的世界一定是非常恐怖的。对于我来说，比起完全陷入黑暗的世界来，只剩下光芒的世界更让我觉得恐怖。

黑暗一定是包罗万象的，善也好，恶也好，浑然一体存在着。而光明之中却是一无所有的，一无所有的世界是恐怖的。

嗯，一定是很恐怖的，单是这样试着想想就觉得恐怖了。

只需要将眼睛闭起来，想要得到黑暗就是如此简单。夜幕降临时，我们甚至什么都不用做就可以沉浸在黑暗之中了。还有，如果将自己遮得严严实实，同样也可以体会到彻彻底底的黑暗。

可是，反过来就不行了。

人们经常会说某人"被光芒包围着"这种话，可仔细想想就会发现这是不可能的。光芒照射在物体上之后必定会投射出阴影，就算有办法将这些阴影完全消除，我肯定也不会想置身于其中的，因为根本就无法冷静下来，也无法忍受这种状态，最终我可能会疯掉。

就像前面说的那样，那里肯定是一无所有的，连我自己最终也会消失不见。

生存，或者死亡，与这些毫无关联，我只是觉得自己终将消失于这片光芒之中。我不喜欢这种结果,非常不喜欢。

因此,我想象着拉门另一侧自己无法看到却必然存在着的世界。拉开拉门,外边应该是走廊,走廊的前方是院子,院子再向前是树木和围墙。我深信,外面的世界就是这样不停地、永远地向前延伸着。尽管前方很有可能空无一物。

什么都没有的话未免太无趣了吧。拉开拉门发现外面只是白茫茫一片,想必会让人感到无比沮丧。步入这纯白的世界并在其中慢慢消亡,这结局太凄凉了。不仅凄凉,更让人觉得恐怖。

那种情形确实是恐怖的,但只是我的一种预感而已,实际上并不是什么恐怖的东西。

接下来,我想象着拉门上突然映出影子的情形。有人,虽然我不知道是谁,但是肯定有人在那儿,正是他遮挡住了光。这种情形就不免有些恐怖了。可是这时如果将拉门拉开,那种恐怖的感觉一定就会消失不见。能够弄明白的事,尽管去把它弄明白就好了。我决定如果真遇到了这种情况我一定要打开门看看,无论那里有多么令人难以置信的东西,也无论那里有多么令人意想不到的东西。

比如……一张巨大的脸。

我这样想象着。可马上又进而想到,在我想象出这种东西的瞬间,它就已经称不上是什么令人意想不到的东西了。

所以说,那玩意儿也称不上是恐怖的。因为巨大的脸有可能是想象出来的，也有可能是自己的错觉。不，也许巨人就是真实存在的，谁能够断言巨人就是不存在的呢？这样一来的话，就算真有巨人站在那里也没有什么恐怖的。

那充其量只能称得上惊恐，惊恐和恐怖还是有一点点不同的。我讨厌惊恐，也不希望自己讨厌的事情发生。这种讨厌的事情随时可能发生的状态，也能够带来一种近似于恐怖的感觉，但是这毕竟和恐怖是不同的。

那么那些难以想象的东西就是恐怖的吗？恐怕也不尽然。难以想象的东西有可能是不可思议的，也有可能是稀奇古怪的。不过只要它们是客观存在的或是存活着的，我们就可以顺理成章地接受。因此，结果还是一样，它们也不是恐怖的。

又比如，即使有些东西是我们根本无法想象出来的，它们也不是恐怖的。如果它们是存在的或者看上去是应该存在的，那么只要接受这种现实就可以了。这样一来，这些东西就变得和普通的东西一般无二了。无论多么异样的东西，无论多么丑恶的东西，也都会让人觉得不过如此了，尽管我们对于这些东西各有好恶。

我们讨厌的东西，并不一定就是恐怖的东西。

如果能够将它们都弄清楚并且让自己乐在其中，那么这扇门那一边的景色也没有什么可怕的。

不，也许……将它们弄清楚之前的过程是恐怖的吧？

我继续这样想着，如果能将一切都弄清楚的话，那就没

恐怖的东西　　197

有什么是恐怖的了。但是在弄清楚之前倒是另当别论的，因为在这一阶段一切都有可能发生。那些东西到底是人，是狗，是鬼，是怪，一切都不得而知。我可以预想，却无法确定。

也许是人，也许是狗，也许两者都是。人、狗、鬼、怪，也许是所有这些的集合。在弄清楚之前，有可能是其中的任何一种，也有可能哪一种也不是。这个世上没有任何一种东西是只存在于概率上的。

如果有什么东西是不存在于这个世界的，那么它就不是恐怖的吗？

但是我却觉得，即使有什么东西是不存在于这个世界上的，那也没有多恐怖吧？就连我自己都未必是真实地存在于这个世上的。

啊，一点都不恐怖。

不，也许把什么东西弄清楚之前的恐怖并不是我想的这样。

如果拉门另一侧的什么东西突然袭击我，我该如何是好呢？也许他会手持利刃向我砍来，又或许是露出獠牙朝我扑过来。猛兽和杀人狂魔是恐怖的。如果对方心怀杀机是很让人害怕的。那种情况是很恐怖的吧？虽然很恐怖，但总觉得有些不一样。

是的，虽然让人觉得恐怖，但还是不一样的。为什么会让人觉得恐怖呢？我不禁这样思索着。

因为受伤了之后会痛，而人都是讨厌疼痛的。人之所以会讨厌疼痛，是因为有时候疼痛可能是致命的。疼痛，其实就是通向死亡的入口。一切动物为了能够生存下去，换句话说为了避免丧命，才获得了疼痛这种感觉。

归根到底，死亡才是恐怖的。我觉得一切都可以归结于此。

对人来说，恐怖等同于死亡。或许死亡才是恐怖的本来面目吧？

怎么说人都是一种动物，而畏惧死亡是动物的天性，仅此而已吧。比如，在悬崖峭壁边上不慎跌跤时的心惊胆战，又比如快要被汽车撞到时的千钧一发，还有站在高处时突然感到的头晕目眩。恐怖或许就是这类情形下内心活动的一种延续吧。可是这种猜想也未免太过无聊了，我这样想。

恐怖就是那样一种情感吗？它是人类生存本能所展现出的一种幻影？又或者和树木、泥土等真真切切存在的东西一样，仅仅是一种乏善可陈的事物？

如果真是这样的话，这结论真的是无聊透顶了。

接下来的一瞬间，在拉门的另一侧，有一道影子投了过来。

是有鸟飞过吗？我没有听到任何声响。还是不要开门看了，弄清楚就不恐怖了。如果是一些无聊的东西，还不如不知道为妙。恐怖的真面目就是死亡，这种看似理所当然的结论，

恐怖的东西　199

我却总有点不愿承认。如果承认了它的话，我的此刻的"生"中即包含着未来的"死"，那么我岂不是只能害怕自己了？

从根本上来说，如果把"死"当作是"生"结束的瞬间，那种逻辑也就说不通了。把"生"放在时间的坐标轴上来看，它的终结就只不过是一个点而已。也可以说是变成了一个没有任何质量且不存在于时间轴上的东西。

可事情并不是这样的，"死"从来都是伴随在"生"左右的。今生和来世是互相重叠的。

不知是生是死，对于两者皆是又两者皆非的我来说，死亡不是什么必须要去害怕的事情，因为我并不执着于"生"。生死两重叠的我，难道只能对其中的一半感觉到惊恐吗？

这样想想看，死亡，又有什么好害怕的呢？

我在思索着，在房间的正中间坐着思索着，然后慢慢地开始觉得哪里有些不对。

一定是不对的，我可以确信了。接下来，我把眼睛转到了榻榻米上。榻榻米的表面是用灯芯草编织而成的，每一根都被投射上了阴影。影子变成了线条，光也变成了线条。一根根线条并列在一起终于成为平面。两根草之间的缝隙就是榻榻米的纹路了。榻榻米表面的这些无数的纹路实际上是通向里层的。榻榻米的里层，无数根纹路向表面侵蚀着。

从那些榻榻米的纹路里……比如说，有非常小的人脸冒出来会怎么样呢？我这样思考着，然后一边盯着榻榻米出神，一边开始想象起来。

那些人那么小,我一定没办法马上觉察到。榻榻米的表面上散落着许多杂物,还堆积着一些灰尘,也许还有一些小虫寄居于此。这些小虫的粪便、不知从何而来的灰尘等细微的东西一定在榻榻米上落了很多。说是落还不如说附着更准确些。无论是用扫把扫,还是用抹布擦,或者用吸尘器吸都是没有办法将它们彻底清理干净的。

这些细微的东西有的掉进了榻榻米的纹路中,有的在空中飘浮了一段时间后又再次落下来,总而言之是多如牛毛的。因此我觉得,就算那些小人进入了我的视野,我恐怕也不会想到它们也是人类。即使它们在我面前动弹了,我的第一反应也不会觉得那是一群人。

因为在我的潜意识里始终认为这么小的人是不存在的。

但是,如果这些小人手抓着灯芯草,用引体向上式的动作从榻榻米里爬出来的话……

如果我看到了这种情形,会有什么样的反应呢?

它们应该只有不到五毫米的大小。尽管如此之小,那些人肯定也是有着眼睛、鼻子、嘴巴,也会有耳朵、眉毛。一只手掌上也同样是五根手指。如果他们再用自己小得几乎看不见的手指密密麻麻地动来动去的话……

我看见了一定会大惊失色的吧?不过,那是惊讶而不是恐怖。如果能够接受这个的话其实也就没什么了。也就是说,如果我能够想到可能会有这种小人存在的话，那么它们就不会是什么恐怖的东西了。无论是自己的幻想也好错觉也罢，一旦在脑海中有了印象，它们也就不再恐怖了。这和我之前想象的那张巨大的脸是相同的道理，只不过是变小了而已。想想看反倒觉得有趣。

就算那些小人要冲过来袭击我，恐怕也没有多么恐怖。即使我会因此丧命，结果也不会有任何改变。这种感情和想要躲避杀人魔、猛兽的感情，还有畏惧死亡的感情有着相同的性质。

不，等等。在这种情况下，缺少了预感和确认的过程，那些小人突然间就出现了。因此，情况可能还是略有不同的。是的，从这边榻榻米的纹路中，然后从那边的榻榻米的纹路中，那边也是，还有那边，接连不断地，一拨一拨数不清的小人冒了出来的话……

我该如何是好呢？

我满脑子想的都是这种事情。

如果从铺在这房间地上十张榻榻米的所有的纹路中，有无数的小人哗啦哗啦接连不断地涌出来，会不会很恐怖呢？简直就像是从腐肉中涌出来的蛆虫一样，房间里满满登登的都是五毫米高的小人。它们各自在抽动着、痉挛着、扭曲着，用细小的声音吼叫着，用高亢的声音狂笑着。这景象难道不是恐怖的吗？它们就像是为了饵食聚集在一起的蚂蚁，嘴里喋喋不休地爬过来，甚至爬上我的身体，还不够恐怖吗？

不，那一点也不恐怖。只能让人觉得恶心、不舒服，也就是说会觉得讨厌了。虽然讨厌，但是并不让人觉得害怕。

这也不是什么恐怖的东西。

如果感觉恶心，只要不去看就好了，但是没有哪种恐怖是可以眼不见为净的。就算让人好奇得不得了的事情，只要忍住不看也就罢了。如果只是让人讨厌的东西，还是可以忍住不看的，毕竟只是让自己恶心不适，还没有到危及生命的程度，只要忍忍总会过去的。

可说起恐怖，基本上没有哪种恐怖是能够忍耐过去的吧。那些一丁点大的小人，如果真的只是让人讨厌的话，一巴掌把它拍扁就好了。

不对，还是不对。

我向天花板望去，也许是因为阳光照进来的角度问题，那里要比地面上更加昏暗一些。天花板上的木纹、横梁、楣窗，一切都是那么浑然一体，你中有我，我中有你，让人无法区分，它们就像是已经融化在一起了似的。有些部分看上去应该是角落的位置，可是没办法找到角在哪里；有些让人觉得应该是平面的地方，仔细看看又不是。上面只是漆黑一片，就算有什么东西躲在那里也不奇怪。

是的，我又接着这样想。

天花板上疑似角落的位置应该是最黑暗的，假设那里有一张脸正在窥视着我的话……

那是一张模糊不清、暧昧朦胧的脸。虽然让人看不清脸上的表情和任何细微的特征,但那确实是一张人的脸,而且那张脸正在目不转睛地看着我。在那里一言不发、没有任何表情地凝视着我。仿佛是要看清我的全部,也看透我的一切似的,只是那样地凝视着我。

怎么样,这个够恐怖了吧?

那张脸上的表情到底是愤怒的还是呆滞的,又或者是兴趣盎然的,我根本无从知晓,也无法理解。尽管如此,那张脸还是趴在天花板的角落里,一直悄无声息地盯着我,只是用它的目光一点点地摧残着我。

只是被看看的话是不会死人的,这种事没有什么好惊讶的,也不是什么预感,这并不只是令人不快的事情那么简单。我没有办法将它拍扁,也没有办法抵御视线这种东西。即使我不去看它,它也还是会躲在那里朝我看过来,也不知道出于什么目的。

这还不够恐怖吗?不。

不对,不对,不对。

不对,不对,不对,不对。

这不过就是件令人讨厌的事情,一件令人讨厌到无以复加的事情。事情本身已经让人讨厌到难以忍受的程度了,又无从防备,所以更加让人讨厌。而且又因为不会危及生命,更是让人觉得烦上加烦，尽管已经讨厌得要死了。

可是，看来这种情形也不是恐怖的。

大致上，即便是真有那种东西在看着我……如果感觉不舒服的话，那么我大不了离开这间屋子就好了。拉开拉门去隔壁的房间也行，走到院子里去也行。总之，只要不待在这间屋子里，烦恼就可以迎刃而解了吧。

如果这个屋子变得空无一人，那张脸还会在那里注视吗？如果没有人将这里当作是一个房间，那么这里就只是一片虚空之地，也就是由地板、墙壁、天花板包围而成的、实际上什么都没有的虚无。那张脸也会盯着这片虚无出神吗？还是会试着数起榻榻米的条纹？

如果是这样的话，那么即使我待在这个房间里，那张脸也不一定就只是盯着我看吧？这样说来，无论感到多么毛骨悚然，其实都是子虚乌有，只要不闻不问就可以了。那张脸也就和墙上装饰着的能乐脸谱没有什么分别了。

那可就没什么值得恐怖的了。啊，真是不恐怖。我无论如何都想不出来什么恐怖的东西了。不能再这样下去了。

我还没有做好心理准备。

我又重新环视了一下比刚才略微昏暗了些的房间。

屋里有一个柜子。

对了，就是那个衣柜。如果说，那个柜子里有什么的话，会怎么样？

恐怖的东西　　205

还是一样。不管那里有什么，结果都是一样的。

不，比如，如果那个柜子的每一个抽屉里都装着一个陌生人的死尸会怎么样呢？例如，下边一点的抽屉里放着尚新鲜的尸体，中间的抽屉里放着开始腐烂的尸体，而最上方的抽屉里则放着白骨。接下来，一些小抽屉里放着婴儿的尸骨。

这个也不恐怖吗？我这样想着。

这说到底不过是我自己肮脏的想象而已，只是我脑海中浮现出的诡异画面。从根本上说，尸体算不上是什么恐怖的东西，只是一件普通物品。只不过因为生前是人，死后才仍然保持着人的外形，可并不是活人。

所谓的尸体，不过是一堆什么蛋白质啊石灰质啊这类我不太清楚的有机物罢了。只要一腐烂了就会失去了人的形状。完全变成白骨就和石头没什么两样了。说这种东西恐怖是没有什么道理的。

我们之所以觉得尸体恐怖，是因为我们在潜意识里把它们当成了活人。它们有着人的外形，所以应该还是活人吧，大多数人都是这样认为的吧。不过，这种想法对于死者来说可是一种亵渎。不，死者也是经历过活人的阶段的，所以准确地说，这是对生者的一种冒犯。

人，在生存的同时也在经历着死亡，可一旦生命终止了也就一了百了了，那副失去了生命的皮囊里不会留下任何东西。人在他人的记忆中能够留存下来的只是生前的种种信息，肉体已经消亡。

大致上，如果有灵魂这种东西存在，尸体应该更没有什么可怕的吧，因为它已经脱离了躯壳。相反，如果没有灵魂存在，那么尸体就变成了一种普通的物体。

尸体没有什么好害怕的，它肯定不是恐怖的东西。硬要说的话，只能说是值得活人敬奉的东西。不，其实应该说值得尊敬的是人们的生前。人死了之后再去尊敬的话没有任何意义。留在那里的只是一个完全腐烂、行将消失的无用之物。

我也不太理解害怕幽灵的人的想法，那种东西根本就是不存在的。我真的不知道，到底是通过怎样的思考才能得出存在这种结论呢？你可以去怀疑它有可能是存在的，也可以去祈求它真的存在，你去骗别人说"真的有哦"也没有问题。但是，我觉得，那些真的相信有幽灵存在的人……实在是愚蠢得很。

不知道这种东西是否真的存在，只是怀疑或许有这种可能，因此才觉得害怕。如果是这种想法的话，我还能够理解。这种状态和我不知道门的另一侧的状况时的不安是相同的。因为只能预想这种可能性，也许会觉得有些恐怖。

还是那句话，这个世上没有什么东西是只存在于概率上的。正因如此，我们才认为幽灵是属于另一个世界的吧。它可能真的有些恐怖，不过要刨根问底的话，我们真正害怕的可能不是幽灵本身，而是我们不知道它是否真的存在。

真心希望并且祈求幽灵存在的人也是有的吧。不过这种

恐怖的东西　207

人是不会惧怕幽灵的，因为那正是他们所期盼的，遇到幽灵这种事更是他们求之不得的，恐怕高兴还来不及呢。至于那些欺骗别人说幽灵真的存在的家伙，他们也不会害怕幽灵。对他们而言，幽灵跟吃惊盒一样，只是一种道具。

那些对幽灵的存在深信不疑的人，他们有什么好怕的呢？如果他们真的坚持认为幽灵是存在的，那么他们即使遇到了也不会惊讶吧。他们应该只是觉得"呀，真的有啊"，还是说……

他们也许会说死者的亡魂会为生者带来不祥。也就是说他们害怕的不是幽灵而是灾祸。可是就算幽灵不来，不祥之事也有可能发生。人惧怕灾祸的心理是无可厚非的，但是归根结底，这种恐惧和对死亡的畏惧还是一样的。从这个角度来看，幽灵和猛兽、杀人魔一样，没有任何区别。

再者说，如果人死后真的会变成幽灵的话，死就更没有什么好害怕的了吧？不过，如果这种假设成立的话，彼岸和此岸在时间轴上就变成平行的了。死亡这一原本没有任何质量的点被强行拉伸之后，终于拥有了和生存相同的质量。可是也正因如此，我们什么都看不见了，彼岸和此岸重合成了一处。光明与黑暗，阳间与阴间，如果这些都重合、叠加在一起，世界将永不能再见。假如生与死变成了相同性质的东西，那么它们重叠的地方就什么都不是了，既没有了意义，也不再有界限。这样一来，这个世界也就不复存在了。

接下来，怨念、痛苦，一切诸如此类的情感都将被幽灵纠缠。因此，这一类的情感恐怕持续不了几天，不，也许连几个小时都无法持续。即使能够持续，它也不是一成不变的。人的生命或许重于泰山，但是人的想法却是轻于鸿毛。那些狗屁感情是不可能改变这个世界赖以运转的法则的。那些认为可以更改这一法则的想法，都源自人类的无知和傲慢。

只有活着的人才会心怀怨恨，也只有活着的人才会感觉到自己在被别人怨恨。那些认为自己被死人怨恨着，并因此看得见幽灵的人，其实也只是觉得自己能够看见它们而已。

也就是说，只有那些觉得幽灵恐怖的人，才能够看见幽灵。先入为主的恐怖是前提条件。

所以说，那些不害怕幽灵的人是绝对看不到它的。因此无论别人怎么信誓旦旦地说幽灵是存在的，我看不到就是看不到。对于毫无畏惧的人来说，幽灵就是不存在的。这种关于幽灵到底存在与否的争论是徒劳的，用能看见或看不见来区分也是毫无意义的。

因为人有时是能够看见它们的。比如目睹一位身着白色长裙，没有双脚的长发女子飘浮在空中；比如看见一个满脸鲜血，脑袋被削去一半，脸色青白的孩子站在昏暗的走廊里；比如看见已经开始腐烂的老太太从房顶上飘落下来；比如在壁橱里整整齐齐地站着一排死去的日本兵。如果你觉得这些都不算是幽灵的话，那么它们就不是。

请允许我再重复一遍，人有时是会看到这些东西的。无论是错觉、幻觉，还是眼花看错了，不管是什么原因，只要条件具备了，任何人都可以看见它们，就看你自己是否觉得它们是幽灵了。

反之，那些枯树、抹布、灰尘之类的东西，如果在你看来它们是幽灵，那么它们就是了。同理，那些邪祟、业障、诅咒也是如此。

没有的东西就是没有。如果你还未达到"无中生有"的精神状态的话，那么它就是无相、无声、无形的。什么通灵、超能力，都是谎言、错觉和迷信。

不惧怕幽灵的人，无论多么努力地去相信和祈求它的存在，终其一生也是无法碰到幽灵的。

因此，即使有人对我说："快看呀，幽灵！"我也绝对不会害怕的。就算有人对我说："这儿有幽灵。"我也不觉得有多恐怖，我必须事先就觉得这些东西是恐怖的才会感到恐怖。不是幽灵恐怖，而是我们觉得恐怖才会看见幽灵，反之则不能成立。因为它是幽灵、是邪祟、是恶鬼、是诅咒，所以才恐怖，这种逻辑是不成立的。

这种东西，这种虚假的东西并不是恐怖的东西。真正的恐怖……到底在哪里呢？我完全困惑了。

我再一次看了一下自己身处的房间。我扭过身去，连背后都看了。

拉门上有一块污渍。从某种角度看上去有些像一张人脸。

恐怖吗？那块污渍仿佛是带有某种仇恨似的瞪着我。还不够恐怖吗？微暗的楣窗上有一块雕刻，那里似乎有什么东西。这个怎么样？一个小和尚站在那里大声读着佛经。这个恐怖吗？

从天花板的里侧传来了脚步声，好像不是老鼠或猫之类发出的声音。忽然，传来了一声"扑通"的巨响。怎么样，恐怖吗？

"不，不是这种东西。"我高声叫道。随后，慢慢推开了拉门。

"让您经历了如此漫长的等待，实在是万分抱歉。"这声音是如此沙哑。一位身穿条纹和服、身材矮小的老人出现在了我的面前。老人秃头，脸上布满了皱纹。他的背已经驼了，身形十分清瘦。

老人走进了屋子，转身关上了房门，然后脚贴着地面悄无声息地向我走来。

"您想明白了吗？"他突然问我，脸上的表情让人看不出来是哭是笑，还是生气。尽管他此时此刻就真真切切地在我面前，我能清晰看见他的脸，也能够清楚听见他的声音，可就是猜不透他的情绪。

"您看起来真的是非常疲惫啊。"老人在壁龛前面坐了下来，然后双手扶着榻榻米深深地向我鞠了一躬。

"您……请您快把头抬起来吧。"

"好的。"老人说罢抬起了头，然后又问了我一遍，"您明

恐怖的东西　211

白了吗?"

"不……"我不明白,我无论如何都无法明白。

"我还不清楚。"我只能这样回答。

那可太让人苦恼了,老人对我说。虽然语气听上去像是愉快的,不过也有可能是非常悲伤地说出的。

"您能大驾光临此处想必是费了不少周章,也一定让您破费了不少吧?"

啊,那块污渍不是人脸,而是一只展翅欲飞的仙鹤。我一边用余光向老人走进来的拉门望去,一边在心里这样想着。

"或许再继续下去也是徒劳吧。"老人说。

"老人家,如果我想不明白的话,您是不是就不会将它交给我了?"

"不,我还是会给您的,我们不是都商量好了嘛。不过,我看您的样子应该是没有办法了。"

"可……可是……我们之前不是这样说的。老人家,我……"

"我知道您想说什么。"老人打断了我的话,"我们之前不就是这样说的嘛,您一定会得到您想要的东西,我可以保证。"

老人接着又说:"您看得太多了。"

"看多了是指?"

"只要一半就够了。"

"只要一半吗?"

"人啊，只需要看到这世界的一半就足够了。白昼是白昼，黑夜是黑夜，前面是前面，后面也是后面。面朝前方的时候就没有必要去看身后，光天化日之下也不会看到黑夜。存在于这个世界上，就不会看到那个世界。人还活着的话……就不会正在死去。"老人说道。

可是……

"不，就像您说的那样，人在活着的同时也正在死去。旧的肉体陆续死去，新的肉体又源源不断生长出来，不消几日，一个新的人就会悄悄地将原来的代替，可人们对此毫无察觉。自己永远是自己，人不怀着这样的想法就无法继续生存，因此人们才会对正在死去的自己视而不见。每个人都执着地相信自己可以不停地成长，不断地攀升。认为自己一直在进步着，甚至是进化着。真是愚蠢透顶啊，人是不会进步的。明明整个人都改变了，可仍旧固执地认为自己没有什么变化。如果不这样就活不下去的人，怎么会有进步呢？就连早上的自己和晚上的自己都是不同的。没有什么人是一成不变的，明知不可能还要坚持这样想，这就是愚蠢。不过，这样的人生倒是非常轻松便利的。睁一只眼闭一只眼这种事连傻子都会做，可反过来说，就是这样的傻子才能活得安逸。"

"活得安逸……"

"幽灵是一种有些部分无法被看见的东西。"

"对我来说，幽灵这种东西……"

恐怖的东西　　**213**

"我知道,我知道。"老人像安抚孩子一样对我说,"是没有这种东西的。"

"是啊,应该没有吧。"

"嗯,不过,恐怕也不能说因为这个世界上没有,就是不存在的。"

"这个我也知道。其实是有办法看到幽灵的。不过……"老人停顿了一下,然后用非常轻柔的语气接着对我说,"所以我说一半嘛。"

"一半?"

"幽灵两个拆开来看不就是'幽暗'的'魂魄'吗?和死人一点关系都没有。"

"可是说到灵……"

"您知道吗?有一种叫作生灵[1]的,没办法清楚地看见它。不,是没办法全部看见,只能看见一半。幽灵就是这样的,和生死没有什么关系。"

"和怨念、执念什么的都没有关系。"老人又说道,"把脸遮住一半,那就是幽灵的脸。同样的,把身体隐藏起一半,那就是幽灵的身体。我不知道它是否有哪些部分是无法被看见的,也许没有。从概率来讲,不存在的东西……"

就不属于这个世界。

---

[1] 与亡灵相对,指人活着的时候灵魂出窍。与亡灵相同,如果生灵也抱有某种强烈的意念的话,也能对人产生巨大的影响,困扰生人。

"能把自己全部都隐藏起来的，只有魔鬼，人是没有办法看见鬼的。这个世界上没有什么东西是不可见的。不，确切地说因为没办法看见，所以无法确定它存在与否。是的，没有办法确认。对鬼神常怀敬畏之心是人应有的礼仪之一。可是幽灵……"

有一半是可以看见的。

"我完全没办法理解您的话。"我对老人说。

"这个是理所当然的。我年轻的时候也和您一样，看透了世间的一切，没有办法睁一只眼闭一只眼，所以那时我也看不到幽灵。"

"那么，现在您能看见了吗？"

老人对我说，只要闭起一只眼睛，任何东西看起来都是幽灵。

"老人家，您不会是在戏弄我吧？"

"我可是很认真的。您不是想知道什么东西是恐怖的，还有真正的恐怖是什么吗？"

是啊，到底什么东西才是恐怖的呢？

我现在满脑子想的都是这些。可是……

"可是您还是没有想出答案，对吧？"

"是的，我还是不知道。完全没有头绪。正因如此，我才不惜巨资来到这里寻求……"

寻求那真正的恐怖。

"不是厌恶,不是讨厌,不是悲伤,不是古怪,不是不可思议,不是疼痛,不是苦闷,不是怪异,不是莫名其妙,不是骇人,不是惊讶,不是可疑,不是畏惧,不是惶恐。就是恐怖,单纯的、纯粹的、独一无二的、极致的恐怖。单单,就只是恐怖的东西。"

对,真实的恐怖,不是什么类似于恐怖的感觉,就是恐怖本身,也不是什么能够唤醒恐怖感觉的东西,就是恐怖本身。

"您说过会把它卖给我,我们也已经约定好了,所以我是做好了心理准备才来的。如果真是那种恐怖的东西,接触它后会产生什么后果我也不知道。因此我一直在非常认真地思考着恐怖的东西到底是什么。就是来到这里,走进了屋子之后,我依然在思考着。

"但是始终没能想出来。"我继续说着,"我还是不知道,我觉得自己想得越多,离恐怖就越远。现在一点都不恐怖了。"

"不,很恐怖啊。"老人对我说。

"恐……恐怖吗?"我支支吾吾地说。

"嗯,我刚才不是说过曾经和您是一样的吗?直到我得到了那个。"

"得到了……那个?"

"是的,真的是太恐怖了。这三十年来,我都是和它一起度过的。我都忘记了自己还活着这件事,恐怖得不得了,连觉也睡不着,没有一天能睡个好觉。我每天每夜都在后悔得到它，这种后悔一直持续至今，到了这样一把年纪。这三十年来的每一天我都仿佛要发疯一般。不，自己到现在还没发疯这件事真让我惊讶。也许我已经真的疯了。多少次我都想真不如死了算了，可是如果就这样死了的话，我……"

老人停了下来，眼睛盯着榻榻米。

"只要一半就好了。"

竟有如此恐怖的东西。

"这种程度的……"老人的话说到一半，人还在榻榻米上跪着，却将上半身迅速转了过去，用后背对着我，把自己的脸朝向壁龛的方向。然后，他身体向前倾，手向壁龛摸了过去，好像是在取什么东西。

"接下来，您做好准备了吗？"老人对我说，"虽然您说自己还没有做好心理准备，可我还是决定现在，就在这里将这件恐怖的东西交给您。我连多一秒钟都忍受不下去了。我害怕得不得了，感觉自己仿佛是一具行尸走肉一般。我已经受够了。"

老人说完后又重新把身子转向了我，对我说："终于可以到此为止了。"

老人将一个非常小的木制盒子递给我看。它一直被摆放在壁龛里，可能一直都在我的视野里，但是我根本就没注意到。它是一件一直被我视而不见的物品。

"这个是……"

"这就是恐怖的东西啊。"老人说。

我伸手接了过来,它的大小就和装戒指的盒子差不多,非常轻。

"这盒子里面……"我将信将疑地说着。

"有一个恐怖的东西。"老人回答说。

"什……什么东西啊?到底是什么东西啊?"

"您说的恐怖的东西到底是什么啊?"我又提高声音问了一遍。

"我……我没有看过它。"

"什么?"

"我始终还是没能鼓起勇气看看它。越想越觉得恐怖,根本就不敢去看它。如果换作是那些只能看到半个世界的人,一定就敢看了吧。可我和你一样,都是那种无法满足于只看一半的人。因此,无论如何我都……"

"原来如此。"说罢我毫不犹豫地打开了盒子的盖子。

那里面是……